翔

wing spread

岳真也

牧野出版

翔

wing spread

目次

第一章　不意の出来事／5
第二章　飛砂／44
第三章　葬儀の日――放たれる／85
第四章　迷宮――ラビュリンス／131
第五章　みち半ば／204

装丁　浅利太郎太
装画　大久保智睦
本文DTP　システムタンク

第一章　不意の出来事

その前日、ちょうど新暦の七夕の晩のことだ。私は仕事帰りに駅向こうの焼鳥屋へ立ち寄り、看板の十二時半ごろまで飲んで、家路についたところだった。

跨線橋を渡って、住宅街を抜け、市役所の手前まで来て、ふと振りかえり、なにげなく空を眺めた。梅雨どきで、降らずとも曇り空の日が多かったが、たまたま晴れていて、白灰色の雲と雲のあいだから月が顔を覗かせている。ほぼ満月で、真ん丸く、黄いろい。

「まるで目玉焼きじゃないか」

呟いて、私は胸ポケットからスマホを取りだし、カメラのアイコンを押して、月影の耀く中空へとレンズを向けた。夜半過ぎのこととて、あたりは静まりかえっている。軽くかすかなスマホのシャッター音でさえ、はっきりと響いて聞こえる。

何枚か撮って、写したものを見ると、どういうわけだろう、肉眼では黄いろく丸い月と見えるのに、そこにあるのはどれも、妙に昏くて歪んだ月でしかなかった。

それこそは目玉焼きの鶏卵の白みが、黄みに覆いかぶさっているかのようである。

「……まぁ、いいか」

たいしたことではない。肩をすくめて、スマホを手にしたまま、また歩きはじめる。

数歩と進まぬうちに、道の左手の家の庭に咲く花に眼が行った。酔っているせいもあろうが、面白い花だ、と思った。年初にいわゆるガラケーの携帯電話からスマートフォン——スマホに替えた。以来、フェイスブックだのブログだのに凝りだして、おやと眼に付くものを撮っては、それを投稿するのが、一種の趣味になってしまっているのだ。

このとき被写体として気に入ったのは、渋めのオレンジに黒い点が斑らにちらされた百合のようなかたちの花が三輪。あとでグロリオサという名で、狐百合とも呼ばれているものだと分かったが、毒々しいといえば言えぬでもない、その花に、私は惹かれた。

これも二、三枚撮って、確かめる。こんどは眼で見たとおりで、いささかも違いはなかった。

それきりスマホはポケットに戻して、帰宅した。

酒を飲んでいるので風呂は止め、さっとシャワーだけ浴びて、パジャマに着替える。歯を磨き、自室に向かおうとして、隣の角部屋でカタンという音がした。

何かが動いたか、落ちたかと思ったが、今その部屋には誰もいない。部屋の主《ぬし》たる次男の匠《たくみ》は、この春から精神に変調をきたして入院中だった。妻はもう一方の隣室でとうに寝付いた様子だし、飼い犬のカルと猫のトラは、さらに向こうの居間にいる。

まさかに、地震でもなさそうだ。

その後は静かだし、気のせいかもしれないと、自室にはいった。椅子に坐って、机の上に置いたスマホを手にし、最前撮った写真をフェイスブックに投稿する。しゃれたつもりで、「梅雨間の満月と花」というコメントまで添えた。

そうして寝床にもぐりこんだのが、もう二時を廻っていただろう。それからわずか四時間ののち、部屋の戸を叩く音に気づいた。私の眠りは浅い。むっくりと起きて、見ると、戸口に妻が立っている。そうでなくとも白い肌が、いっそう蒼白く見えた。

「電話が来たのよ、あたしの携帯に」

「あんたの携帯に？……こんな時間に、誰が、何だって」

「看護師さんよ」

「M病院のかい？」

私は匠が入院している三鷹の精神科の病院の名を出した。

「ええ、師長さん。匠が心肺停止で、近くの総合病院へ移すところだって言うの」

「えっ、嘘……冗談だろ、そんな」

頭が混乱する。M病院の看護師から、と聞いた瞬間、私は夜間に匠が何か問題を起こしたのか、と思ったのだ。

病院を逃げだそうとしたか。あるいは、他の入院患者ともめ事でも起こしたか……しかし入院前の春先ならばともかく、途中、転院するなど、いろいろあったものの、匠の精神状態は回復に向かい、現在は相当安定している。ほどなく退院する手はずにさえなっていた。

今さら脱走する必要はないし、他の患者とも友達グループをつくるほどに仲良くやっているはずだった。

身体上の健康面でも、何も指摘されてはいない。それが、いきなり心肺停止だなんて……。

「M病院の看護師さんたちも、懸命に心臓マッサージをしてくれたらしいの。それでも動かない、これは難しいってことで……」

「救急車を呼んだ?」

「ええ。専門医にまかせたほうがいい、と判断したみたい」

そのとき、妻が手にしたままでいた携帯の着信音が鳴った。私のと同型のスマホだが、M病院の側には「緊急の場合は、こちらへ」と、番号を教えてあった。相手の話を聞き、

「えっ、はい……分かりました」

短く応えて、電話を保留中にすると、妻は私のほうを向いた。

「救急車の隊員さんから。まもなく杏林病院に到着するけど、もしやの場合は人工呼吸器、取り付けてもいいですかって……」

「人工呼吸器?」

話には聞いたことがあるが、どんなもので、それを付けるとどうなるのか、具体的なことまでは想像もつかない。けれども、救命のために必要とあれば、拒むわけにはいかなかった。

「もちろん、オーケーさ」

生かしてくれさえするのであれば何でも良い、と、これは言葉にはならなかった。


終電過ぎだったために、昨夜は駅舎内の連絡路は通行を止められ、ちょっと大廻りさせられたが、最寄りの狭山市駅まで三分とかからぬマンション住まいである。

タクシーを呼ぶよりも、駅前で拾ったほうが早い。

電話での救急隊員とのやりとりを終えると、すぐに妻は、目の前のマンションで独り住まいし

ている自分の妹に連絡をつけた。匠の叔母、私にとっては義妹にあたる。私に告げたのと同じことを、より口早に伝えて、

「……詳しいことは、車のなかで話すから」

と、電話を切る。そのままそそくさと外出着に着替えると、取るものもとりあえず、私と妻とは家を出た。

向かいのマンションの玄関口で義妹と落ち合い、三人して駅前のタクシー乗り場に行くと、客待ちの空車に乗りこむ。私は助手席に坐り、妻ら姉妹は後部座席にならんで腰をおろした。

まもなく七時になろうとしている。通勤時間帯ではあったが、土曜の朝のことで、タクシーを使う者はなく、道路も空いていた。いそいで欲しい、と言ったので、運転手は迷わずに国道十六号線を川越方面へと向かった。

川越のインターチェンジから高速道路に上り、関越道の起点の矢原交差点に出るつもりだろう。車に乗ると、妻はスマホを取りだし、都内の江戸川に暮らす長男のもとへ電話をかけた。おりよく勤めは休みだったが、去年の春に所帯をもち、この二月に娘が生まれたばかりで、手がかかる。が、二人きりの兄弟である、すぐに駆けつける、と応えたようだ。

長男への電話も妻は手短にすませたが、彼女自身、詳細は明かされていないのだから、仕方があるまい。だいいち、最初に知らせてきた看護師長にしてからが、狐にでも抓まれたような気分でいるらしかった。

「師長さん、たまたま彼も宿直でナースステーションにいたみたいだけど、担当の若い看護師から、匠が呼吸《いき》をしていない、と報告されて、いったい何が起こったのか、分からず、面喰らった

そうよ」

　隣の義妹に向かい、妻が話している。

「何でも、まえの晩には、患者も看護師さんたちも一緒になって、短冊に願い事を書いて吊したり、賑やかに七夕飾りをやったんですって……そのとき、匠がいちばん元気で、はしゃいでいたって」

「匠、もう、すぐに退院できるって喜んでいたものね」

「あれほど元気だったのに信じられないって、師長さんもおっしゃっていたけど、担当さんの話では、四時の見廻りでは何ともなかったのに、五時になって、匠の様子がおかしいと気づいたというの」

　M病院では、当直の看護師が順繰りで、一時間おきに各病室を見廻っている。そのことは私も聞いて知っていた。

「それから慌てて、匠の身体を別室に移して、マッサージをはじめたらしいんだけど……」

「………」

　実の姉と妹なのに、背丈は十センチほどもちがう。が、二人とも丸顔で二重の大きな眼をしていた。その眼を伏せて、義妹は黙りこんだ。

　M病院での心臓マッサージが巧くいかず、匠が救急車で杏林病院へ移送されたことは、妻が電話ですでに伝えてあった。それ以上のことは、ほとんど不明なのだ。話のつづけようがない。妻も口をつぐんでしまったので、ちらと私が後ろを振りかえり、

「たったの一時間か」

　ひとりごちるように言った。

「疑いたくはないけど、朝の四時五時といえば、当直さんも相当、眠たい頃合いだからなぁ……それに五人部屋で、ほかに四人も同室者がいたんだろう。匠のやつ、鼻がわるくて、うちでもよく大鼾かいてたじゃないか。寝言癖もあったしさ。だのに、ほんとに誰も気づかなかったんだろうか」

背後の姉妹は、二人とも応えない。息詰まり、重苦しい雰囲気がただよい、それと感じてか、これも黙々とハンドルを握っていた運転手が空咳きをする。

たしかに今は、何をどう話しても、ろくなことにはなるまい。そう思いながらも、ついまた私は後ろを向いた。

「なぁ、あれか。人工呼吸器を付けるって、要するに呼吸をしてるだけ……植物人間になるってことなのかな」

「何を言ってるのよ」

と、妻はちょっと顔を顰《しか》める。

「人工呼吸器を装着することと、植物人間……植物状態で生きるってこととは、まるで違うわ。正反対って言っても、いいくらい」

「正反対？」

「そうよ。だって、自分で自然に呼吸ができないから、肺に空気を押しこんで、酸素を送りこんでやるの、気管を切開するなぞしてね。その装置が、人工呼吸器よ」

意識がある者には、苦しくて辛い場合もあるらしい。

「逆に人間としての意識がなくなっているのに、呼吸や血液の循環、胃や腸なんかの消化器官はふつうに機能している……それを植物状態というの」

専門家ではないから、さほど詳しくはなかろうが、妻は薬科大学を出て三十年余も大手の製薬会社に勤務し、定年後は近所の調剤薬局でパートとして働いている。医療関係のことについては、私よりはるかによく知っていた。

「なるほど。身体は丈夫なのに、喋ったり、物を食べたり、大便や小便も自力ではできない。だから植物……状態か」

「いずれにしても、心臓が動いてくれないことには、どうにもならないわ」

人工呼吸器を付けたくとも、付けられないのだという。

「……ふう」

溜息が出た。気詰まりさが充満し、もう誰も口をきこうとはしない。外の空気を吸いたいが、冷房の効いた車のなかで、しかも高速道路で窓を開けるのは、まず不可能だった。

私はただ顔を車窓に押しつけるようにして、外を眺めた。

抜けるように蒼い空がひろがっている。それこそは梅雨晴れであろうか、すでにして盛夏のような蒼穹と陽差だった。そのことが私に昨夜のスマホの写真に写った朧《おぼろ》の月を思い起こさせ、かえって禍々《まがまが》しい予兆をかきたてた。

人工呼吸器でも植物人間でも、何でも良い。とにかく、生きていてくれ。神よ仏よ、頼む、頼むから、匠を生かしてやって欲しい、死なせないで欲しい……心中に呟いて、私は合掌する。

「おやじぃ、おれ、イカロスになってもいいかな」

突然に匠がそんなことを口にしたのは、もう十五、六年もまえ、彼が高校一年になった年の秋のことだった。いや、突然ではなかったのかもしれない。その年の夏前ごろから、匠は不登校をしはじめ、今の生活は嫌だ、このままでいるくらいならイカロスのように燃えつきて、この世から消えてしまいたい、と考えるようになっていたようだ。

朝の七時、八時には妻も長男も、そして次男の匠も、それぞれの職場や学校へ出かけてゆくが、私が家を出て、高田馬場の仕事場に向かうのは、たいていもう昼近くになっている。

最初に私が、匠を町で見かけたのも、そういう時間帯だった。

おや、と首をかしげ、私は駅に行くのを止めて、こっそりと、匠のあとを付けていった。

遅いとはいっても、まだ昼休み前ではあるし、校外学習にしては、そばに同級生らしき人影がまったくない。しかも彼は、学校のある柏原地区とはまるで違う方向へと歩いてゆく。

小走りに近づいて、

「おい、匠」

と、声をかけた。

「こんなところで、何をしてるんだ……授業やってる時間だろ」

「……遅刻したんだ」

わるびれもせずに、彼は応える。

「駅前で、いろいろ買い物してたら、遅れちまった」

遅刻は良くない。たとえ用あって、やむを得なかったとしても、限度というものがあるだろう。

そうは思ったが、私もこんどの電車には乗りたいし、匠はとりあえず踵《きびす》を返し、柏原団地ゆきのバスの停留所のほうへ向きを変えようとしている。

「まぁ、いい。とにかく、今からでも学校へ行きなさい」

告げて、私はバス停まで匠と同道し、彼が乗るのを見とどけてから、一人、狭山市駅へと向かった。

つぎに会ったのは、市立の図書館だった。匠が遅刻したと言った日から一週間とたってはおらず、その日もやはり平日の午後である。

私に見とがめられると、

「今日は学校、休みだったんだ」

「そんなはずはないだろ」

設立記念日などで全校休校といったことはあろうが、大学も附属校のほうも、今日が休校だなどという話は聞いていない。

私は文筆業のかたわら、兼任講師として、東京市ヶ谷のH大をはじめ、いくつかの大学や専門学校の教壇に立っている。そのころは、わが家に近い私立のSB学園大学の客員教授もしていて、匠の通っているのは、その附属高校だった。匠はふつうに受験し、合格してはいり、私は私でつてあって、たまたまそうなったのだが、附属校に関する情報はおのずと耳にしやすかった。

休校のはずがない、と私が言うと、

「自習だよ、昼からの授業は自習……でも、あんなの、バカバカしいだろ。先生はいないんだしさ。べつに学校の教室でやらなくたって、家へ帰ってから勉強すりゃいいんだもの」

こんなふうに図書館へ来てもいいじゃないか、とも強弁する。こちらは嘘ではないような気もするし、一応、理屈は通っている。早退けというよりも「トンずら」に近かろう、とは思ったが、見つけたのが図書館で、けっこう真面目に机に向かい、哲学だか思想だかの本を読んでいたということもある。そのときも私は、あまり深くは追及せずにゆるした。

だが匠は、ほんとうは毎日を休校にしたかったのだ。

一度だけならばともかく、二度、三度と、私は同じ町なかの市立図書館で彼と出喰わした。さすがに怒り顔を向けると、

「ちょっと、おやじぃ、こっちに来てくれ」

立って、私をさそい、読書室の隅に行き、耳打ちする。それが、イカロスになってもいいか、という言葉だった。イカロスは鳥の羽根をあつめて蝋《ろう》で背に貼りつけ、空を飛んだが、太陽に近づき過ぎて蝋が溶け、墜落した——ギリシャ神話に出てくる人物だ。

何故イカロスは空を飛びたいと願ったのか。どうして太陽に挑もうなどと思ったのか。このさい、それは問題ではなかった。

「で、いったい、何があったんだ？」

「中学のとき、クラスのみんなに、ひどい目にあわされた」

苛《いじ》めというやつだろう。ＳＢ学園大学の附属は中学高校の一貫教育で、中学校の同級生の大半がそのまま高校でも一緒になる。

「もう、やつらとは会いたくないし、あんな学校、ただの一日でも行きたくない……」

「だから、何があった？……どんなことをされたのさ」

私は苛めの中身を問うたが、匠は固く唇を閉ざし、三白の眼をして、私を睨んでいる。こうなったら、彼は絶対に、何も話さない。

「ひどい目にあったって、それだけじゃないんだろう、理由は」

匠の性分を知っているから、少し私は矛先をずらした。彼は曖昧に首をひき寄せて、

「今朝方、おれ、うちのマンションの屋上へ上がってみた」

「あれっ、うちは鍵がかかってて、上がれないだろ？」

「いや、たまに掃除だの給水タンクの点検だので、半日近くドアが開けられることがあるんだ」

まえまえから、その機をねらっていたという。

「十二階だろ。五階のおれん家のベランダなんかから下見るより、ずっと迫力がある……今いる図書館の三階とは、段違いさ。へりから身を乗りだして、覗きこんだら、地べたまで、ずいぶんと距離があった」

「そりゃ、そうだろうな」

「そこから飛びおりりゃあ、確実に死ねる」

「……イカロスになれるってわけか」

「ふん。今日はおれ、確かめに行っただけだけどさ」

「分かった。何があったかはもう訊かないが、イカロスの真似をするのは止めろ」

それほどまでに思い詰めていたとは知らなかった。が、学校へ行くのが嫌で、遅刻や早退、欠席をくりかえしていることは、妻の口から聞かされていた。私自身、こうして次男が町なかをうろついているのを何度も目撃しているのである。

「じゃあ、学校、行かなくて、良いってことだね」

「まぁ、しばらく休んで、どうすれば良いのか、自分で考えてみたらいい」

そう言いながらも私は、まずは匠のクラスの担任の教師に会って、話を聞いてみよう、また場合によっては、付属校の校長をも兼任しているＳＢ学園大学の学長にも相談してみよう、と思っていた。さらには当の匠にあてて、こんな手紙を書いてもいる。

匠へ

なかなか口では上手く言えないので、一筆書いておきます。

大学検定試験は難しいし、たとえ受かっても「高校を出ていない」という事実は、ずっと残ります。

おまえの将来のためにも「中卒」はよくない（日本はまだ残念ながら学歴偏重社会です）。

高校だけは出ておこうよ。

そこで、妥協案——

一　勉強などは出来なくてもよいし、辛いときには休んでもよいから、もう少し学校に行ってみないか（もう、やかましいことは言わない）。
二　具体的に。来週からの期末テストは出来なくてもよいから、受けてほしい。欠席に関しては「病欠」で何とかなるようです。
三　もしも一年間休学するにしても、一年目だけは終了させて、来年の四月からにするほうがよいと思います。
四　その間に、いろいろと考えて、ＳＢ学園高校でつづけるか（学園の方針では二年生からは大学進学に向けて、自分の好きな勉強を中心にしていいそうです)、他の学校へ転校するか、決めればよいでしょう。
五　ちょっと我慢すれば、すぐに冬休みだし、三学期は短い。またすぐ春休みです。
人は誰も、我慢して暮らしているのです。

それだけは分かってください。

以上
父より

追伸
みんなが君は頭がいい、と言っている(担任の先生も)。勉強すれば、すーごいぞ

車は関越道の練馬インターチェンジから矢原の交差点へ。目白通りをへて、環状八号線を進み、高井戸のインターチェンジ付近で右折、国立の谷保《やぼ》方面へと向かう東八道路に出る。ほどなく吉祥寺通りとぶつかるが、その交差点の間近に杏林大学の附属病院はあった。

道路が空いていたせいで、狭山をあとにしてから小一時間ほどしか経ってはいない。腕時計を見ると、七時半を少し廻ったところだ。

まだ一般外来の受付は閉ざされている。終日勤務の警備室で事情を話し、救急救命センターの病棟へ行くようにと指示された。教えられたとおり、主病棟を大きく廻りこむようにして行ってみると、そちらは開いていて、年若い受付嬢が、

「患者さん、まだ心臓マッサージの最中です。この奥が手術室ですが、手前の控え室のほうでお待ち下さい」

と、右手の部屋を指さした。言い慣れているので口にしただけかもしれないが、「患者さん」の一言に、ちょっと安堵する。まさしく一縷《いちる》の望みが、マッサージの施術にかけられているのだ。

控え室のドアを開けると、三メートル四方ほどの広さで、中央部に小テーブルをはさんでソファが二脚、置かれていた。出入り口に顔を向ける格好で、奥の側に四十がらみの男性が一人、腰をおろしている。さきほど、妻の携帯に電話をかけて寄こしたM病院の看護師長だった。

私たちの顔を見ると、すぐに気づいて、

「このたびはまぁ、大変なことになりまして……」

挨拶代わりにそう言って、頭を下げる。

妻、そして義妹とともに、師長と向かい合って坐り、さっそくに私は切りだした。

「四時から五時のわずか一時間と経たぬ間に、匠の心臓、止まっていたというのは、本当ですかね」

「はい。わたしが見廻っていたわけではないんで、はっきりとは言えませんがね、担当の者によると、二時半ごろですか、ベッドからずり落ちそうになっていて、ちゃんと抱きあげて、元に戻してやったって言うんですがね」

ありがとう、みたいな仕種もしてみせたし、当然、そのときは呼吸をしていたという。

「胸が痛いとか、そんなふうでもなく、何も変な様子は見せなかったそうです」

黙ってうなずき、私は妻と義妹のほうに眼を向ける。

「部屋にはほかに、四人の方が寝てらしたんですよね」

と、義妹が少し話題を変えた。

「その方々も、なんにも気がつかなかったんでしょうか」

私も思い、妻に疑問を投げかけたことであったが、師長はどう答えて良いものか逡巡するように、口を閉ざしたまま、小さく首を揺すっている。が、やがて、

「隠さずに申しあげると、不眠症で、夜間はほとんど眠らずにいるという患者さんが一人、同室されているんですよ」

思いきったように口にする。

「けっこう年配の方なんですが、その患者さんも、まるで覚えがないと……」

それは看護師長みずからが問うて、聞いたことらしい。

「もっとも、とりわけ長く入院されている年配の患者さんは、面倒に巻きこまれるのを極力、避けようとされたりもしますからねぇ」

正直なひとだな、と私は思った。この看護師長が、である。

知らずにいることは多々あろうが、少なくとも嘘はついていないようだ。けれど、もしや、その不眠症の患者なり、同室の別の患者なりに、匠が疎《うと》んじられていたとしたら、どうだろう。あえて何も言わない？……まさか、とは思うが、匠の身に何事か起こったと察しながら、知らぬ顔をしていたならば、最悪ではないか。

まぁ、しかし、そんなことはあり得まい。あるはずがない……私は口をつぐみ、眼をつぶる。

他人に嫌われたくない。匠はいつも、そのことにばかり気を遣って生きているような人間だった。

小学校にはいるまえの、ごく幼いころには、とても人なつこい子どもだったように思う。家族ばかりか、近所の人たち、ただの通行人にすらも愛想を振りまき、ときには小皺の目立つ初老の女性に、

「小母さんの顔、干し柿みたい」

と言ってしまう。あるいは、頭の禿げた中年男に向かい、

「アルシンド、そっくりっ」

と、当時のサッカーの外人スター選手の名を出して、指差したりする。

そばにいる私は慌てふためくが、当人にいささかも屈託がないので、告げられた側としては、苦笑するしかなかったようだ。

そういう匠の性格が少しずつ変わっていったように思われるのは、私の気のせいだろうか。いったん咳きこみだしたら長時間、止まらなくなる小児喘息《ぜんそく》に罹患し、いくつになっても夜尿症が治らない。そんなことも、あったのかもしれない。

小学生時代の匠の行状に関して、今も私の心に引っかかっている出来事が二つある。

あれは、彼が小学二年の春のことだったと思う。学校での授業参観に妻は勤めがあって出られず、私一人で出向いていった。

体育か、それとも音楽の授業だったのか、よくは憶えていないが、教室の机や椅子をすべて端に寄せてしまい、空いた床の上で生徒、皆して遊戯のようなことをやった。

「メリーさんの羊、メリーさんの羊、ぐるぐる廻る……」

この単調な歌を唄いながら、生徒たちは輪になって歩く。三度くりかえし、最後の「廻る」を

口にした瞬間に、メェーと鳴いて輪の中心に飛びこむ。それが早い者勝ちで、勝って中心に立った者を、他の生徒たちが拍手喝采して讃えるのだ。

一回だけでなく、喝采ののち、また始めるから、皆がどんどん「勝者」になってゆく。授業が終わるまでには、大半の生徒が輪の中心に立っていた。

一度立った者は引きさがる。それで誰が立たなかったかは、参観した父兄たちも、ほとんど知らずにいただろう。だが三十人近い生徒のうち、わずかに二、三人……そのうちの一人が匠であることに、私は気づいていた。彼は他を押しのけて中心に飛びこむどころか、メェーと鳴く真似すらも、まったくしようとはしなかった。

あとで本人に、どうしてやらなかったのだ、と訊くと、

「やだー、あんなのっ」

そう応えて、そっぽを向いただけだった。

もう一つは翌年、三年になったときのことだ。

私が自室のベッドに寝転んで、本を読んでいると、突然に玄関のドアが開いて、匠が屋内にはいってきた。午後の三時ごろで、ふだんの帰宅時間ではある。が、どうも様子がおかしい。本を閉じて、玄関口に立っていくと、匠は激しく肩を震わせ、泣きじゃくっていた。

「どうした？……学校で何かあったか」

訊ねても、匠はうっうっと嗚咽《おえつ》したままでいて、何も答えない。ふいと鼻をつく異臭がして、見ると、匠の長ズボンの裾から黄いろく濁った滴が零れて床に垂れている。

「大きいほうか……おまえ、洩らしちまったんだな」

つい呟きはしたが、あれこれ問うのは止めて、私は匠の二の腕に手をかけ、曳くようにしてバスルームへと連れていった。

私に言われるままに匠は上着やシャツを脱ぎ、ズボンを脱いだが、黄濁した滴が染みついて、下着はくろずんでしまっている。両の腿や脚は、軟便で汚れていた。

いそぎシャワーを手に持ち、私は匠の下半身にぬるま湯をかけて、汚れを落としてやった。

「あとは自分でやりなさい。お尻とかはもう綺麗だから、頭からお湯をかぶったらいい」

そのあと、みずからシャワーを浴びて出てきた彼に、私は用意した新しい衣服を手わたした。着替えを終えると、匠はようやく嗚咽を止めて、物問い顔でいる私に事情を語ってきかせた。

それによると、彼は朝から腹をこわしていて、学校に行ってからもずっと下腹を押さえ、鈍い痛みに耐えていた。午前一杯、そして午後の一時間の授業も、何とかやり過ごしたが、その日、匠は終業後の掃除当番になっていた。

なおもつづく腹痛を堪《こら》えて、教室の窓を拭いている最中、もうじき帰れると油断したせいか、急に腹の緊張がゆるみ、洩らしてしまったものらしい。

「どうして、そうなるまえにトイレへ行かなかったんだ？」

私が問うと、匠はちょっと首をかしげたあと、

「恥ずかしかったから……」

「腹具合がわるくて下痢だった、と他人《ひと》に知られることが、かね」

「…………」

「まさか、おまえ、トイレへ行くことが？」

その両方だ、と匠は答える。重ねて問うてみると、彼は学校では滅多にトイレには行かない、という。

「だって、みんなが見てるんだもん」

誰も見ているものかとは思ったが、自意識過剰——というよりも、そこまで周囲に気を遣ってしまうということなのだろう。

二十余年後の今になって、考えてみたら、それが、匠が「学校をやめたい」と言いだした本当に本当の最初だった。洩らした、と分かった瞬間、匠は慌ててランドセルを背負い、一目散に学校から逃げ帰ってきたのだが、その様子を見ていた者もいるにちがいない。

「言いふらされたら、噂になる……」

と、そのときの登校拒否の理由は、はっきりしていた。その意味では対処のほうも簡単で、彼から事情を聞いてすぐに、私は担任の教師に電話を入れ、一種の「口ふさぎ」を頼んだ。

年配の分別盛りの女性教師は、匠と一緒に掃除をしていた生徒たちを個別に呼びだして、彼はお腹をこわしていた、誰にでもあることだから、よけいなことは喋るな、と諭してくれたのだった。

そういうふうに他人の眼を極度に気にする少年が、埼玉県でも有数の進学校といわれるSB学園大の附属中学にはいって、二年目。もっとも他人に見られたくない姿を、衆目にさらすことになった。

そのことを、匠が私に打ち明けたのは、事が起きてからさらに二年が経った高校一年の十二月、休学して三月《みつき》ほど後のことだった。

「昼休みでさ、弁当喰い終わって、腹一杯になって、おれ、自分の席に坐って、うとうとしていたんだ」

と、匠は語りはじめた。

「そしたら、誰かが後ろに立って、おれの両肩を摑み、立たせようとするじゃないか」

首を巡らすと、級友のなかでもとくに親しいYだ。大柄で、力が強く、羽交《はが》い締めにでもされたら、微動だにできない。

そのYが押さえつけるのと、ほとんど同時に、やはり遊び仲間のUとEが匠のまえに廻りこんで、Uがズボンのベルトを外して引き抜き、Eがチャックを下ろしてズボンを脱がせた。

「何するんだよって、おれは言ったけど、みんなは、わはははは笑ってるだけだ」

仕方なく、匠も笑った。微苦笑だったが、

「こいつ、笑ってるぜ。何しても逆らわない、面白いやつだよ、とか言いながら、こんどはUがおれのブリーフに手を掛けた」

「パンツだな。そいつら、パンツまで脱がそうとしたのか」

と、私。自分のほうが怒り顔になっているのが分かる。

「ああ。プロレスラーみたいなYに押さえられてるんだ、どうすることも出来やしないさ」

ついにはブリーフまで脱がされて、匠は下半身を多くの級友たちのまえにさらされることになった。なかには女子生徒もいて、キャーキャー叫んで、逃げ惑った。それでも匠は、これは遊びだ、退屈しのぎの遊びにすぎない、と思い、なおも笑顔のままでいたという。

じっさい、あまりに無抵抗の匠の態度に呆れ、つまらなくなったのか、ほどなくYたちは彼を解きはなち、匠はブリーフやズボンを穿《は》くことをゆるされた。――

この話を聞かされたとき、私は、匠が小二のときの「メリーさんの羊」の遊戯を思いだした。あのときはメェーとも鳴かず、飛びこまずにいた輪の中心に、彼はここで無理矢理引きずりだされた。他人の眼を気にして、トイレに行くのも我慢していた少年が……。

「でもさ、だんだん、おれ自身、腹が立つようになってきたんだ」

誰が、どう見ても、苛めでしかないが、当人がそうと感じてはいない。たんなる遊び――遊戯の延長のように考えていて、怒らない、逆らわない。そうと知って増長し、その後もYやUたちは、匠に対し、さまざまな苛めをくりかえしたようだ。

「そのうちに、おれはさ、連中にからかわれてる、玩具《おもちゃ》にされている、と覚《さと》っちまったのさ」

中高一貫教育だから、中学時代のその仲間たちが今も、同じクラスにいる。

「顔を合わせるだけでも、吐き気がするんだ」

自分が学校へ行きたくない気持ちが分かるだろう、と匠は言った。

腕を組み、黙って聞きながら、何で気がつかなかったのだろう、と私は首を捻っていた。

匠が中学にはいってまもないころ、私は知人にSB学園大学の学長に紹介され、望まれて同大の客員教授になった。すでに私は東京市ヶ谷のH大の非常勤講師をしていたし、作家としてのいくばくかの虚名もあったから、採用されたのではあろう。が、わが子が附属の中学に在籍しているという事実が、学長と私の相互に親近感をもたらしたことも否めない。

私のSB学園大への出勤はしかし、週に一日でしかなく、同じ敷地の隣り合わせとはいえ、大学と附属との間には垣根や鉄柵があって、容易に往き来できる状態ではなかった。附属生の大半が学園大には進まず、東大や早慶をはじめ、他の名のある大学に進学するせいもあろう。それより何より、親への反抗期にあった匠自身が迷惑がり、私が立ち入るのを拒んだということが大きい。

私が多忙だったせいもある。前年に出版された『吉良の言い分』なる時代小説がＮＨＫの大河ドラマ『元禄繚乱』とリンクするような格好で評判になり、珍しくヒットした。各紙誌やテレビ局からのインタビュー、原稿依頼が殺到し、他のことどもに思いを寄せる暇などはなかった。より身近に子どもらと接していた妻もまた、四十前後の働き盛りで、製薬会社での仕事に忙殺されていたのだ。帰宅するのは私より遅く、終電で帰ってくることもあった。

そんなおりに、事は起こってしまった。

中学生になって小児喘息もだいぶ治まり、夜尿症も止まった。それで私は、匠の病いや悩みのすべてが癒えて、消え失せたように錯覚していたのだ。

私はおのれを悔いたし、責めもした。だが、もう遅い。私が息子のことを慮《おもんぱか》って書いたつもりの手紙も、そのときすでに、反古《ほご》同然のものになっていたのである。

今はただ、匠の現在の心境を率直に受けとめ、彼の望むとおりに退学をみとめるほかはなかった。

沈黙が室内を領している。この部屋にいる皆がそうなのだろうが、なおも私は祈りつづけていた。死んではいけない、助かってくれ……匠の心臓よ、早く動いてくれ。動いてくれれば、おれは何でもする、何でもみとめてやる。

私たちがこの救急救命センターの控え室にはいってからでも、すでに半時間ほどが経過している。匠の身体が到着して以降だと、その三倍近くにもなる。

それほどにも手間どっているのか。

隣室からは、何の物音も聞こえず、気配すらも伝わってはこない。専門の医師らが蘇生のための心臓マッサージを懸命にやっているはずだが、あるいはあきらめて、何か別の方途をさぐっているのだろうか……無言のまま、私は隣室との仕切りの壁に眼をやった。

最前、この部屋にはいる間ぎわにかいま見た感じでは、隣の手術室は分厚い金属製の扉で閉ざされていた。外部の雑菌や塵埃を遮断するとともに、防音もなされているのであろう。

いま私が見すえている壁はコンクリート製だが、より幅広で、頑丈にできているようだ。その壁を思いきり叩いて、

「どうした、匠。蘇生して……生きているのか。生きているなら、応えてくれっ」

叫んでやりたい気持ちにかられる。じっと堪えて、むすんだ両の拳を膝の上に置き、ふたたび私は眼をつぶった。


高校を退学してからの二年半、匠は多くの時間を自室に引きこもって過ごした。

好きな本を読んでいたことが多いようだが、ときにはボリュームを一杯にして、CDの軍歌を流し、それに合わせて唄ったりしていた。自分を右派だと称してもいる。が、それよりも滅入り、挫けそうになる気分を奮い立たせようとしていたのだろう。

家は出ないが、部屋からは出てきて、私や妻、長男、それにたまさか訪ねてくる義妹とは話をする。例の一件が起きた中二の秋、学校帰りに入間川の河畔で拾ってきて、トラと名づけたアメ

リカン・ショートヘアもどきの猫と飽かず遊んだりもする。

学校をやめた当初はそんなふうだったが、やがては近所のスーパーへ買い物に行く程度の外出はするようになり、さらには彼と同じような引きこもりの子らを対象とした福祉施設、近所のアスレチックジムやボクシングジムなど、各種の運動施設にも足を運ぶまでになった。けれども、どれも長くはつづかない。

ただ一年くらいしてから、私がSB学園大学での自分の教え子で、ゼミ長までしていたネパール人の留学生、ナビンくんを紹介すると、彼にはなつき、友達付き合いをはじめた。小柄で褐色の肌の外国人で、一廻り近くも年上だという事実。それを基にしての、ナビンの人となりに対する、匠なりの評価、安心感のゆえだろう。

そのナビンくんと私と三人で食事に出かけたり、酒場やカラオケに行ったり、近郊の里山に登ったりする。

私の代表作の一つとなった小説『福沢諭吉』の取材に、二人がともに同行して、京・大阪から長崎、そして福沢の生まれた大分の中津へと、相応に長い旅行をしたこともある。

より画期的だったのは、みずから進んで大学検定の試験を受け、それに合格したことだ。高校中退後、一年目の夏のことだが、これにはSB学園大学の学長が、附属校の校長も兼任していたことが幸いした。匠の苦手な英語や数学、家庭科などの単位を修得したことにしてくれたのだ。

この措置のおかげで、彼は国語や社会といった得意科目だけで受験。パスして、高校卒業と同等の資格を得、時期が来れば大学を受験することが可能になった。

そして翌々年の春、同級の生徒たちが受験するのと同じときに、こんども社国などの得意な科目のみで受験して、拓殖大学に合格する。このことがしかし、匠の病いが悪化する陥《おと》し穽《あな》になろうとは、誰よりも喜んでいた私には、考えも及ばぬことであった。

国際開発学部と聞いて、

「拓殖というくらいだもの、国際開発だなんて、おまえ、いい学部をえらんだなぁ」

そう言うと、匠はこころもち肩をすくめるようにして、

「東大は無理でも、ほんとうは慶応か早稲田……六大学のどこかには、はいりたかったんだけどさ」

それでも上機嫌で、口もとをゆるめる。

「哲学だの思想だの、関係ない本ばかり読んでいて、受験勉強なんか、ちっともしなかったんだもの、上出来だよ。三人に一人しか、受からなかったんだろ」

「ああ。狭くはないけど、そんなに広い門でもなかった」

そのあと匠は、英語のほかの第二外国語には何を選択しようか、と私に相談した。

「どれにするかなぁ……」

いかにも浮き浮きとした声で、何語に何語、と順に口にして、結局はフィリピン語に決め、将来の専攻もその方面にすると言っていた。彼が進学を楽しみにしていたことは間違いない。

ところが、まずは入学前のオリエンテーションで躓いた。

「三月の末に、入学予定者をあつめての合宿まであるんだって……」

そう告げた口調は、すでにして沈んでいた。

見知らぬ学生たちとの出会い……それは匠にとって、一つの恐怖とさえ言えることなのだ。わ

けても彼は、国際開発学部には女子学生がけっこう多いことを知って、慄然となった。

彼の心の深層のなかで、あの中二のクラスで下半身をさらされたときの女子生徒たちの騒ぎようが、トラウマとなって滞っている。くわえて、まだ小児喘息の影響が残っていたのか、ゼェゼェと鼻や喉が鳴るのが気味わるい、と気に入っていた女の子に言われて、落ちこんでもいた。

引きこもりとは、たんに家や部屋から出ないことではない。容易に他人に対して心をひらくことが出来ない状態をいう――その理の確かさを、このとき私は実感させられた。

いくつかの病院で受診して、投薬療法をつづけ、カウンセリングなども受けていたが、匠の「対人恐怖」とおぼしき症状は、なかなか無くならない。

もともとは人なつこい子であったし、人一倍、好奇心は旺盛なのだ。

大学へは行きたい。授業にも出てみたい……四月半ばの入学式にも、前夜までは参列するつもりでいた。が、当日の朝になって、

「……やっぱり、駄目だ。おれ、怖いよ」

と言いだした。

結果、匠は入学式に出るのをあきらめ、後日、私が単身、大学をおとずれて、学生証を受けとって帰ったのだった。

そのおりのジレンマこそが、最大の原因だったのだと思う。

匠の暴力行為、というより破壊行動がはじまったのは、このころからだった。当時の私の日記には、そういう彼の行状が列挙されている。

二〇〇五年四月二十六日
入学した拓大にずっと行けないでいる。そのことが自分の将来に対する不安をつのらせるのだろう。浪人中だった三つ年上の兄が同じときに日大を受けて、合格。進学を機に家を出て、東京の下北沢で下宿することになった。たまに来て、一人暮らしの気楽さを喋って帰る。
それがまた、気に入らないのだ。同じことをしようにも、自分にはできないのだから……ときおり居間のテーブルを叩き、「鬱《うつ》だ」「疲れた」と呟く。またも「自殺」を口にしだしてもいる。
五月三日
外出先から帰ったら、妻が困惑した表情で玄関口に立っている。目顔で問うと、匠が自分の部屋で暴れて、プラスチック容器をつぶし、粉々にした、簞笥《たんす》の取っ手も壊し、衣裳ケースなどもグシャグシャになっているという。本当か、と匠の部屋を覗こうとしたら、「来るな、バカっ」と、コーヒーカップを投げつけてきた。
五月十日
午後、馬場の仕事場に電話してきて、「おれこそが絶対の正義だ。あとは殺してもいい」などと言う。それに対し、私は「冷静に、客観的になれ」と告げ、「気をつけないと、サカキバラになるぞ」と忠告してやった。七年ほどもまえだったか、神戸で起きた猟奇殺人事件の犯人が名乗った「酒鬼薔薇聖斗《さかきばらせいと》」のことだ。逮捕された犯人がまだ十四歳だったのと、殺した小学生の遺体の頭部を中学校の正門に置いたというのが、何ともショッキングだった。
匠はいったん黙って電話を切ったが、すぐにまた、かかってきて、「サカキバラとは何だ。こんどこそ、家に帰ってきたら、本当に殺すからな」と叫ぶ。声が裏返っている。危険な兆候だ。

五月十七日
マンションの隣人を脅してやる、と言うから、どうしたんだ、と訊くと、「おれの軍歌がうるさいと文句を言ってる」との答え。首をかしげて、「何か言ってきたのか」と、私。「いや、壁越しに、そう話してるのが聞こえるんだ」
防音の壁だ。そんなはずはない。かなりヤバい。妄想か。どうしてしまったのだろう。
五月十九日
早朝、奇声を発した。「うるせぇ。殺すぞ。ふざけるな」ドタンバタンと音もする。本人が言うには、悪夢をみたとのよし。一安心。
ところが午後になって、馬場の仕事場に妻より電話あり。じつは自分で作って、食べようと取っておいた切り干し大根の煮付けを、深夜帰宅した私が勝手に食べた。それで怒ったらしい。
最近、匠、ちょっとしたことで切れる。でも、原因が分かるうちは増しか。
五月二十日
もはや情緒不安定を超えて、狂気の沙汰か。
夜、私がテレビでビデオを見ている脇で、ヘッドホンを付けて何やら聞いていた（たぶん、軍歌）が、急にヘッドホンを投げだし、頭を抱えて怒りだす。「なんだとぉ」「くそったれっ」あとはイヤー、オーと叫ぶだけで、言葉にならない。
五月二十一日
深夜。一眠りしたが、またぞろ奇声、罵声に起こされる。頭のネジが、回路が、ズレているとしか思われない。「おれは不幸だ」「糞じじぃ、糞ばばぁのせいだ」「おまえらのせいで、おれはこんなふうになっちまった」暴れまくり、壁だの襖、柱、椅子やソファにいたるまで、部屋中を壊して廻る。

そのあと少し、おとなしくなったと思ったら、ステレオのボリュームを上げる。軍歌だ。「夜中なのよ」と妻が注意すると、「おれに命令するな、糞ばばぁ」と喚いて、居間のテーブルを壊し、襖をバラバラに引き裂く。

嵐のごとき惨状だ。手にした金属バットこそ、思い直して放り投げたものの、妻に向かい、手を振りあげようとする。必死に間にはいって止めたが、警察か救急車への連絡を考えてしまった。

五月二十三日
早朝四時。妻が私の部屋に来て、「なぜ、あなたがいるのかって、匠、怒ってる」と言う。「早く、出ていって」突然、そんなことを言われても……まだ電車も動いていないし、仕方なく家から十分ほどの留学生、ナビンくんのもとへ。彼のアパートに居させてもらったが、何が何やら、わけが分からない。


そして、ついにその日が来た。

三日後、二十六日のこれも早朝、四時半のことだ。一晩、ナビンくんのところに泊まって、前日私は帰宅していたが、睡眠中、奇声が家中に響きわたった。またか……跳ね起きて、外出着に着替える。何故か、そうしなければならない予感がしたのだ。

やがて匠が自室から出てきて、

「野郎、なめるなよっ」

と怒鳴る。私に対してではない、まだ薄暗い宙を睨みすえている。どうやら、対面している相手は、少しまえまで通っていたジムのコーチのようだ。そのコーチが、夢のなかに現われたのだろう。あるいは、幻覚か。

だが妻が居間に姿を見せると、こんどは彼女に向かって、口汚い罵声を浴びせはじめた。最初は堪えていた妻も、我慢しきれなくなったとみえて、私のそばに寄り、耳打ちする。

「もう、駄目。入院させよう」

「ふむ。しかし、ちょっと待て……ナビンくんを呼ぼう」

家族には、甘えがある。ナビンくんは匠にとって、もっとも親しい友人ではあるが、家族ではない。そのぶん遠慮がある。私はそこに期待をかけた。彼が来たら落ち着くのではないか、と思ったのだ。けれども、それがむしろ、このときは裏目に出た。

私がナビンくんのもとを訪ね、わけを話してわが家に連れて戻ると、匠は、

「やぁ、ナビンさん、お早うございます」

と言って、笑いかけた。が、つぎの瞬間、その笑顔が真顔になり、鬼面になった。頬骨をひきつらせて、

「くそっ、てめぇら、ナビンが来たら、おれがおとなしくするとでも思ったのか」

叫ぶなり、愛用の棍棒を摑んで、居間の壁を叩く。壁の一部が崩れて、穴があいた。勢いづいて、匠はトイレに向かい、そのドアのど真ん中にも大きな穴をあけた。ついで、棍棒を妻の鼻先に突きだそうとするから、

「怖い。ほんとうにあたし、殺される……」

「こりゃあ、どうしようもない。分かった、警察を呼ぼう」

妻をかばうようにして私は家のドアを開け、外に逃れた。携帯で一一〇番に電話をかけ、今の状況とこちらの住所を告げて、至急来てくれるよう頼んだ。

半時間ほどで、三人の警察官が到着した。そのうちの二人が匠を彼の自室に伴ってゆき、説得をこころみる。残った一人が、居間で私ら夫婦とナビンくんに事情を聞いた。ややあって、その警官が匠らのいる部屋のほうをちらと見やり、

「おや、静かになったようですね。これ以上は無理だ。現行犯でないとね、連れてゆくことはできません」

後頭に手をやって言う。

「わたしたちに出来るのは、ここまでです」

「そんなことをおっしゃってもですね」

と、妻も必死だった。

「この部屋の壁を見て下さい。さっき、まえを通ったトイレのドアもご覧になったでしょう」

「あれ、全部、息子が棒で壊しちまったんですよ」

と、脇から私も言葉を発した。警察官が引きあげてしまえば、また暴れだすのは目に見えている。ナビンくんを呼んだことでさえ、激怒したのだ。おそらくは、これまで以上に荒れるだろう。

警察官三人があつまって、相談をはじめる。その間に、妻がI病院に電話を入れ、副院長を呼びだしてもらった。隣の入曽駅から歩いて二十分、車だと五分で着く精神科の古い病院で、一月ほどまえから匠は、たまにそこへ通っていた。

まだ八時を少し過ぎたばかりだったが、匠の担当の副院長は兄の院長とともに、I病院の敷地内に家を建てて住んでいて、電話口に出てくれた。妻は今朝方の成り行きをかいつまんで話し、先方から、とにかく来るように、と言われたらしい。

そうと聞いて、私はナビンくんに目配せし、駅前までタクシーを呼びに行ってもらった。

話し合ったすえに、警察官らは、自分たちが匠を連行したり保護したりすることは出来ないが、病院へ行くのなら、あとを付いていっても良い、という。黒塗りの覆面パトカーで駆けつけたことも、それをしやすくしているようだ。匠にはそれでも、警察の車が彼の様子を見張っていることは察せられる。

タクシーには妻が助手席に坐り、私とナビンくんが匠をはさむようにして腰をおろした。窮屈な姿勢だったが、たびたび匠は背後を振り向き、覆面パトカーの存在を確認している。

黙りこみ、悄然としているから、

「……大変だったなぁ、今日は」

慰めるような口ぶりで私が言うと、白目を剥《む》いて、

「うるせぇ、殺すぞっ」

低いが、凄みをおびた声で呟いた。

吐息を洩らして、私は助手席にいる妻の背中に眼をやる。その背が、入院だなんて辛いけど、仕様がないわよねぇ、と言っていた。

そうして、その年の五月の末から八月下旬まで三ヵ月近く、匠はI病院に入院していた。

何とか退院してからの十年間は、あいかわらず引きこもりがちではあったものの、かろうじて大過なく日々を送ることが出来た。いろいろな症状が入り組んではいるようだが、基本的には統合失調症と診断され、それに応じた適切な治療、とくに投薬をおこたらずにいたのが良かったようだ。

むろん、順風満帆などとは、ほど遠い。

私たちはまさに、イカロスが飛び立つまえの迷宮にいたのだ。その迷宮は四方を荒海にかこまれていて、大小の波は絶えず匠、そしてわが家を襲い、寄せては返していた。

最大級の波濤が押し寄せてきたのは、匠が二十八歳になった一昨年の秋ごろからだった。ただし、以前もそうであったように、当初それはむしろ、穏やかな夏の日の浜辺にたゆたう漣《さざなみ》か、森の小川のせせらぎのごとき様相を呈している。――

控え室に、長男がはいってきた。会社が休みで、家でごろごろしているつもりでいた。そう言っていただけあって、Tシャツと半ズボンという軽装でいる。

妻子と暮らす江戸川からメトロと中央線を乗り継いで、三鷹からはタクシーで来たそうだが、みちみち彼も思いだしていたようで、

「あいつ、ここ何年か、もう病気治ったんじゃないかと思えるくらいに調子よく見えたのになぁ」

空いた看護師長の隣に坐り、黙りこくったままでいる他の家族の面々を見まわすようにして言う。

「ニートはやめたって、あちこちで働くようになったし、彼女だって出来たじゃないか」

「……それがいけなかったのさ」

妻も義妹も何も言わないので、私が応える。

匠が近くのスーパー・マーケットやコンビニ、ドラッグストアなどで働きはじめたころのことだ。アルバイト仲間に誘われて行った「合コン」で、彼は沖縄出身のマユミという女の子と知り合った。

事情あって、勤め先はいろいろと変わったが、その間にも、マユミさんとは、けっこう頻繁にデートを重ねていたようだ。匠に連れられてマユミさんがわが家に来たこともあるし、泊まりがけで匠のほうも沖縄の那覇に行き、彼女の両親と会った。指輪の交換もした。

だが、相手は匠との結婚を拒んだ。

男女間の細かな心理の擦れちがいは分からない。ただ、そのマユミさんの側から別れ話がもちだされ、そこでともかく匠の恋愛は終わったのだった。

「あいつのことだから、そう簡単に、あきらめられるはずがない……いつまでもグズグズしていたんだろうな」

たしかに、それは言える。口では「未練たらしいのは嫌だ」と言いながらも、心底では、どうにかして彼女と連絡をつけ、縒りを戻したい、と思っていたようだ。一方、その後も老人介護の会社やスポーツジムなど、くりかえし転職はしたものの、外で働くことはやめなかった。

「……おかしくなったのは、今年にはいってからか」

就職に恋愛。それが匠に妙な自信をつけさせてしまったのか。自分は病気ではない――そう言って、匠はI病院への通院を止め、別の病院で、より軽い薬を処方してもらった。挙げ句は、一切の投薬を断ってしまったのだった。

「異様に多弁になってな、一人きりのときにも喋りつづける……完全に独語症だと、おれは思ったよ」

長男の問いかけに私は応える。

「むろん、こっちにも、いろんなことを言ってくるんだが、やっぱり普通じゃなかったよな。おれはおやじの実の子じゃない、なのに優しくしてくれて、ありがとう、とかさ」

「何なの、それ?」

「いや、おまえのことも話してたよ。おれと兄貴とは血がつながっていない……兄貴はおやじのまえの女房の連れ子だろってな」

「………」

何も言わずに、長男は呆れ顔をして、肩をすくめてみせた。はっきりとは知らされなくても、長男自身も、そして匠も察してはいたはずだった。

妻が長男を懐妊したことをきりに、私は前妻と別れた。彼女との離婚は以前から考えていたことではあったが、さまざまに私は逡巡していた。そうした事情を、原稿用紙一千五百枚を費やして書き、一作品にしたほどである。その長篇小説『水の旅立ち』は、今では私の代表作のようにいわれている。

ともあれ、そのおりに私は「前妻との訣別」という一つの決断をした。それでも心のどこかになお、鬱勃として割り切れないものが残った。長期の取材旅行を口実に、一年近くインドを放浪して歩いたのも、おのれの気持ちを濾過したかったがためで、その私の旅行中に長男が生まれたのである。

十年近く暮らした伴侶だったが、前妻との間には、一人の子もなかった。

誰もがしかし、話題にはしたがらない。思いだしたくもないであろう出来事で、このときも私は長男に、匠の物言いを冗談めかして伝えただけで、詳しいことは語らなかった。

「……まぁ、あのころの匠は完全にぶっ飛んでたんだ。自分でも、何が何だか、わけが分からなくなっていたんだと思うよ」

ほどなく匠は、「大勢の敵がおれを捕まえに来る。逃げなけりゃ、殺される」と言いだした。まったくの妄想で、私や妻や義妹までが「怖い敵」に見えてしまっていたようである。

「そりゃ、入院させるしかないわな」

と、長男が呟く。そのとおりだったが、以前の入院時とは違い、こんどは当人が逃げる場所を求めていたのが幸いした。暴れる気配はなく、やけに素直に同意して、川越の霞ヶ関にある精神科のO病院に入院したのだ。

ところが、そのO病院が問題だった。

入院当初は、どの患者も鍵のかかる独房まがいの保護室に入れられる。それは仕方ないとしても、匠の場合、初日の晩に大暴れしたとかで、金属製のベッドに両手両足を縛りつけられ、腹部にも拘束帯を巻かれた。その状態ではトイレにも行けないので、室内に個人用の簡易トイレが置かれた。

いったん解き放たれたとき、ベッドやそのトイレまで壊してしまい、ついには紙の襁褓《おむつ》まで着けさせられることとなった。

私と妻とが面会に行くたびに、嫌だ、惨めだ、と言って、拘束を解いてもらうよう懇請していた。

そこで私は妻と相談し、敬愛する作家でもある精神科医のK先生の勧めにより、三鷹のM病院へ転院させることにしたのである。かつては先生みずから常勤していて、今でも月に二度は、診察に行っているという。

転院はS病院に入院してひと月余、五月の初めのことだったが、もはや拘束されずにすむ、救われたという思いが、匠の回復を促進しもしたのだろう。みるみる良くなって、六月半ばには看護師同伴での外出がゆるされ、私や妻と外で食事することもみとめられた。

同月末にはわが家に一泊して病院へ戻り、二日後の日曜に、私は初めて長男を連れて面会に行った。

そのときも匠は元気一杯でいて、長男の娘、私や妻にとっては初孫にあたる姪のことを口にして、

「おれも兄貴に負けずに子どもをつくる……たくさん、こしらえるからな。おやじぃ、じぃじ、あんた、大変だぞ」

などと、陽気にはしゃいでいたのである。

最前、受付にいた女性が迎えに来た。

私に妻、義妹の三人が、この控え室に着いて、小一時間ほども経っている。依然、物音はまるで聞こえてこなかったが、何か、これまでとは違う気配がある……マッサージ以外の何らかの処置に切り替えたか。あるいはたんに、器具や道具のようなものを片付けているにすぎないのか。

受付の女性につづき、全員、廊下に出て、右手に進むと、なかから手術室の重い扉が開けられた。真ん前に普通より少し高めのベッドが置かれ、匠が横たえられていた。

三十半ばとおぼしき担当者らしい医師が、その脇に立って、大きく頭を下げる。

「残念ながら……」

と告げて、わずかに言いよどんだ。

「わたくしどもがいくらマッサージをいたしましても、患者の心臓は動きだしませんでした」

他の処置も考えはしたのだが、無理だと判じ、断念したともいう。

後ろのほうにいた義妹が、私や妻を押しのけるようにして、ふいに匠のそばへと近づいた。

「匠っ、何を遅くまで寝ているの。もう、朝なのよ、あんた、早く起きなさいよ。起きなさいったらっ」

そのまま号泣しはじめた義妹の肩に手をかけて、妻も嗚咽している。さすがに長男は、泣き叫びこそしなかったが、下唇を噛みしめ、赤く腫れた眼で、物言わぬ骸《むくろ》となった弟の顔を凝視していた。

血の気の失せたその顔は、土気《つちけ》いろをして、蝋細工の人形か、泥土のなかから拾って洗ったばかりの木偶《でく》か土偶《どぐう》のように見える。匠の意識は……魂は、そこにはない。いったい、匠、おまえは、どこへ失せたのだ？……私はといえば、そんなことばかり考えていて、もはや悲しみも悔しさもない。ただ茫然と、その場に立ち尽くすしかなかった。

第二章　飛砂

光が跳ねていた。朝のまだ九時を少し過ぎたばかりだというのに、かなり強く眩しい陽差が病院入り口の床に照りつけ、跳ねている。

早すぎる夏の到来……そのせいか、ここまで来しなに車窓から眺めた紫陽花《あじさい》や、咲き初《そ》めたばかりの朝顔でさえも、すっかり色褪せ、萎れて見えた。

煉瓦壁にはめこまれた「東京慈恵会医科大学附属第三病院」の表札板を確かめるようにして、院内にはいり、総合受付のほうへ行く。見覚えのある顎のちょっとしゃくれた男がすぐに近づいてきて、私と妻、そして義妹の三人に会釈する。

二日前、ここから遠からぬ杏林病院の救急救命センターで、最後に挨拶に現われた私服の警察官だった。

「お待ちしておりました。まだ検索は終わっていないようですけど、控え室がありますから、行って、そこで待ちましょう」

耳打ちするように言って、受付を背に右手の細長くつづく通路へと案内する。

左側にコンビニ、外来食堂があって、その辺はけっこう明るい。食堂も硝子張りで開放的だし、反対の右側が中庭に面した硝子戸になっているためだろう。

通り抜けると、両開きの扉があり、いったん外に出る。が、屋根のついたコンクリートの通路がつづき、あたりは庭というよりも、だだっ広い空き地になっている。

そこにも、最前にも増して、おびただしい光が跳ねていた。

それだけに、法医学関連の中央検査部――つまり司法や行政の解剖がおこなわれる二号館が、なおさら地味で、くろずんで感ぜられる。よく見れば、グレートーンの建物なのだが、全体に黒っぽい。まったく窓のない、特殊な構造であることもあるようだ。

さきに立った私服警官が、

「……どうぞ、なかへ」

と開けたドアも、妙に小さくて、一寸見には気づかれない。普通のアパートの個人の部屋に付いているようなドアで、脇に白いプレートが貼られていた。

「法医学　家族控室　入口」と読める。

私たちのように、身内の遺体を解剖・検索された家族が結果を聞くべく、待機するところらしい。

はいってみると、二室ならんでいて、どちらも六畳間くらいか、窓はなく、壁や床は白いが、小テーブルをはさんで置かれた二脚のソファは黒い。

ちょうど三人掛けだから、私たち夫婦と義妹が奥に坐って、私服警官は向かいのソファの端にちょこんと腰を下ろした。

場合が場合ということもある。すでにして気詰まりで、私ばかりか、妻も義妹も沈黙で通し、私服警官もまた、ちらと腕時計に眼を落として、

「そろそろだと思いますよ。まもなく検索医の担当の方がお見えになります」

告げたきり、口をつぐんでいる。どうやら、さっきまで彼は解剖の現場に立ち会っていたらしい。ややあって、まだ医師が来る気配がないと見て、私は立ちあがった。スマホを手に持ち、

「少し良いですか。すぐ、すませます」

警官の返事も待たずに、二重のドアを開け、外に出た。

スマホを片手に、電話をかける仕種をしてはみせたが、どこにもかけるつもりはない。ただ、重苦しく、息の抜けない雰囲気から瞬時、逃れたかっただけだ。

暑い。冷房のよく効いた部屋から出てきただけに、なおさらだった。けれど、今はその暑さが好もしい。いくらかなりと、気分をほぐしてくれる……一昨日、昨日、今日と、晴れの日がつづいている。とうに梅雨は明けてしまっているようである。

七月初めのことで、例年より二十日も早いとの発表を昨日、私は耳にした。だとすると、匠の凶報がはいった前夜、この眼とスマホのレンズがとらえた、あの茫漠朦朧《もうろう》とした月は何だったのか。「梅雨の間の月」と私は思い、フェイスブックに投稿した写真にも、その言葉を付したのだった。

帰宅途中に立ち寄った店で冷や酒を何杯か呷り、相応に私は酩酊していて、珍しく寝付きは良かった。が、短い眠りを貪っているさなかに、激しくドアをノックする音で叩き起こされたのだ。

妻の携帯に突然の電話がはいり、三鷹のM精神科病院に入院中の匠が、心拍停止の状態に陥ったとのこと。あとから思えば、それがもう訃報だったのだが、運ばれた杏林病院の救急センターでの心臓マッサージも空しく、私たち家族は物言わぬ骸《むくろ》と化した匠と対面するほかなかった。

施術をした救急医はそのとき、こう伝えた。

「死亡の原因は心肺停止、それも急激なものであることは分かるのですが、心肺が停止した理由までは不明です」

遺体を行政解剖の専門医のほうに廻すので、具体的な死因はそちらで聞いて欲しいというのだ。同じことを、さきの私服警官も告げて、解剖とその結果報告は、二日待つように、と言われた。

亡くなったのが土曜の朝で、日曜には解剖や検索はしないのか、あるいは一定の間隔をあけるのが決まりなのか、そこまでは警官に訊かなかったが、ともあれ一日おいて、月曜の朝に匠の遺体は解剖に付されることになった。

しかも場所は、一昨日の杏林病院ではなく、狛江市にある慈恵医科大学付属の第三病院内の「法医学」病棟だという。

「三鷹や調布、狛江など、多摩地区内における不審死、突然死の遺体解剖と検索はすべて、慈恵医大の附属病院が管轄しているのですよ」

これについては、警察官が説明してくれた。

「遺体の解剖……法医学の病棟は、どこにでも造れるというわけには参りません。雑菌の排除はもとより、外部の光や風、熱なぞをすべて遮断した、いわば純粋、透明な環境が必要とされますからね」

それが慈恵医大附属の第三病院で、最寄りの駅は小田急線の狛江か、京王線の調布や国領だが、埼玉県の狭山からだと新宿の雑踏を通り、ぐるりと廻ることになる。

私と妻、それにこんども義妹が同行することではあるし、国分寺経由でＪＲの三鷹駅下車、そこからタクシーで往復することにしたのだった。

電話をかけるどころか、メールを打つのでもなし、私は五分と外にはいなかったが、部屋に戻るのとほとんど同時に、解剖・検索の担当医がドアを開けて、部屋にはいってきた。

ようやく解剖の結果、すなわち死因が明かされるのだ。

年のころは五十前後か、一昨日、匠の死を確認した医師よりもだいぶ年配だが、角張った顔つきで、まったくと言って良いほど表情を変えない。薄白く、のっぺりとして、ちょっと能面を思わせる顔立ちだった。口も重そうで、ただ一言、

「あれこれ点検いたしましたが、身体のどこにも異常はみとめられませんでした」

ぼそりと呟く。

救急救命センターの医師からも、私たちは似たようなことを聞かされていた。が、センターの医師は、解剖医の所見が出るまでは定かなことは分からない、と言っていた。

そのあたり、思い合わせると、予想された答えではあったが、

「どこにも異常はないって……だのに亡くなるって、変じゃありませんか」

私は喰いさがる。怒るかもしれない、と思ったが、解剖医はまるで不快な顔を見せずに、

「唯一、考えられるのが、心臓の発作と言いますか、不整脈。何かのきっかけで停止してしまい、再動しなかったことです」

これまた、予想された説明ではあった。解剖し、病理病巣をさがすのが仕事の医師としては、ここまでが限界なのだろう。

しかし私としては、それならば……と思う。心臓の不整脈、それをもたらしたもの、つまりは

医師の言う「何かのきっかけ」を知りたい。言ってみれば、今日はただ、そのことを聞きだすためだけに、この病棟へ来たのではなかったか。

医師は何も口にしない。が、私たちのほうに、一つ二つ、思いあたることがあった。

昨日は昨日で慌ただしくて、遺品の整理までは出来なかったが、妻と二人、匠の部屋の調度類を片付けた。

そのとき、彼の洋服箪笥の上に置かれた達磨《だるま》に、両目がはいっているのに気づいた。私がこの正月に、川崎大師の土産物店で買ってきた、握り拳より少し大きいくらいの赤い達磨だ。

「あれっ、持ってきたときには右目しか塗っていなかったのに、左目も黒くなっている」

私が言うと、妻が応えた。

「匠が自分で入れたんですよ」

一時帰宅の許可が下りて、最後に自宅に戻ってきた日のことだという。亡くなる十日ほどまえのことである。

「一時帰宅をゆるされて、もうじき退院と知って、よっぽど嬉しかったんだな」

「いえ、でも、なんだ、こんなもの、とか、ぶつぶつ言いながら、サインペンで塗っていましたけど……」

それは一種の照れ隠しなのではないかという気が、私にはした。子どものころから、たまに匠は本音本心とは反対のことを言ったり、したりする癖があった。

だが亡くなる前夜、七夕の飾り付けで、誰よりもはしゃいでいた、とM病院の看護師長は言っていたが、あれは本当のことだろう。退院間近と知らされていただけに、なおさら愉しかったのにちがいない。

今となってみれば、そういう昂奮状態が良くなかったようにも考えられる。それが、心臓によけいな負担をかけたのではなかろうか。

「具体的なきっかけは分からなくとも、少しまえに騒ぎすぎたとか、あるいは逆に落ちこんでいたとか……その辺のことは係わりないんですかね」

私が訊くと、医師は応える。

「躁《そう》と鬱《うつ》、ですか」

「はい。極端であれば、それも心臓に負担がかかりそうな気がするんですが……」

「………」

「だいたい精神病……心の病いと心臓、心の臓器ですからね。われわれ素人考えだと、関係があるとしか思われません」

医師ののっぺりとした顔のなかで、わずかに小鼻が動く。

「はて……データ的には、精神科の薬の副作用みたいなものが多少なりとも心臓に出る、と指摘されてはおりますが」

おもわず、妻と顔を見合わせる。

一泊だけの許可を得て家に帰ってきたとき、匠は四六時中、まったく間断なく喋りつづけていた。再入院するまえも独り言が多かったが、今回は「そうだよね、おやじぃ」とか、「分かっただろ」などと、いちいち念を押してくるから、面倒だし、疲れる。それも、「駅前のコンビニ、扱う物が少なくなったな」だの、「トリキって店、知ってるかい。焼き鳥のチェーン店だけど、安くて美味い……何でも三百円均一なんだ」といった他愛もない話ばかりなのだ。

家にいるときだけではなく、病院との往復のあいだも、「昼間の電車は空《す》いてて良いな」とか、「ドンキに寄ってゆこうかな」などと喋りつづけていて、口を閉ざそうとはしなかった。

そんなこともあって、私と妻とは別々のアンケート用紙に、同じようなことを書いていた。

「あまりにも顕著な躁状態、何とか抑えられないものか」

という内容である。

だからだろう、おそらくいま、共通の疑問が私たち夫婦の頭にもちあがったのだ。まさか、私たちの要望を受け容れ、いきなり多量の抑鬱剤を投与されたりはしなかっただろうな。

むろん、まさかはまさか、でしかない。私の文学上の師であるベテランの精神科医、K先生が、

「もっとも信頼できる医師です」

と紹介し、「薬使い名人」とまで言って褒めていたのが、M精神科病院での匠の直接の担当医だったのである。


控え室で応対した解剖医には、まだいくつか問いたいことがあったのだが、仕事が山積しているとみえて、

「それでは、私はこれで……」

と、腰を浮かせた。解剖と検索に関する書類は後日、書類で届く――文字どおり、取り付く島もない。

私服の警察官は警察官で、すっと立つと、軽く敬礼して、

「ご苦労さまです」

頭を下げる。私たち三人も立ちあがり、ご苦労様、と口を揃えて言いかけたが、

「……で、息子とは会えるんですか？」

これは、私が警官に向かって訊いた。

「はっ？」

「いえ、遺体です。息子の遺体を見ることが出来るんですか」

警官は小さく首を揺すり、

「それは、とても無理です」

答えて、一瞬、手で室内の空気を掻きまわすような仕種をする。

すぐに気づいた。バラバラに切断、穿鑿《せんさく》された匠の遺体の様子が瞼裏にちらつく。妻や義妹も似たようなことを思ったようで、顔を見合わせて、眉をひそめている。

匠の遺体はまもなく各部の接合がなされ、その終了を待って車に乗せ、三日後に葬儀がおこなわれる予定の狭山の葬儀所まで輸送されるらしい。

私服警官は病院の受付のところまで、私たちを見送ってくれた。受付近くの会計で所定の料金を払い、玄関を出ると、数メートル先がタクシー乗り場で、ちょうど一台、待機していた。

義妹が助手席に、私と妻は背後の座席にならんで坐る。

「……訊きそびれたな」

そう呟いただけで、妻は察したとみえ、大きく顎をひき寄せた。当人の躁鬱状態や投薬・治療のことも気にはかかったが、本当は、いちばんに問いたかったのは「拘束」についてだった。

川越のＯ精神科病院に入院した朝、匠はまるで抵抗せず、むしろ、

「おれを狙っている奴らから守るためだな」

などと口にして、機嫌よくしていた。それが夜になって、急に暴れはじめたのだという。

「何らかの妄想にとりつかれたのでしょう」

と、Ｏ病院の担当医は言ったが、私は逆に正気に返ったのではないか、と思っている。正気になれば、いま自分の置かれている場所や状況が見える。

匠が入れられた部屋は、Ｏ病院でただ一室の独り部屋——文字どおりの「独房」であった。四畳半一間で、中央に金属製のベッドがあるだけ、あとは片隅に簡易トイレがしつらえられている。それも、いわゆる「おまる」に毛の生えた程度のものである。

そういう部屋に閉じこめられて、施錠され、室外に出るどころか、医師や看護師以外の人間と接触することも出来ない。最初に面会に行ったとき、私は妻に、

「出してくれと叫んで、暴れても仕方がないんじゃないか」

と言ったが、彼女が看護師の一人に聞かされた話では、Ｏ病院は開院以来、女性患者の多い病院で、院長も女性である。

「それだけに、暴力や騒動沙汰には、どこよりもナイーブなのだそうよ」

厳格に対処する。匠は一晩中、ドアを叩いたり蹴ったりしたらしく、さらなる拘束もやむを得ない、と判断された。

男性看護師数人に取り押さえられ、白布で両手両足を縛られて、その布をベッドの四隅に結わえられたうえ、腹部は太いベルト型の拘束帯で括りつけられた。

暴れた翌日は食事のとき以外、ずっとその状態でいたようだが、翌々日は手足の拘束を解かれ、腹のベルトのみになった。やがてはそのベルトも外されて、室内に限り、歩くことをゆるされた。それでも部屋の外には出られない。

ストレスが溜まるのは当然で、ふたたび匠は大暴れする。ドアや壁ばかりか、ベッドや簡易トイレまで壊してしまったようで、そうなると、またぞろ、もっともきつい拘束が科される。

一種の「いたちごっこ」なのである。拘束するから暴れる、暴れるから拘束する。そのくりかえしなのだ。

匠には屈辱の思いもあった。

自分でトイレを壊してしまったのだから、その点では自業自得ともいえようが、外の他の患者との共同トイレも使わせてはもらえない。それで、簡易トイレが直るまでは使い捨ての紙襁褓《かみおむつ》を着けさせられた。トイレが直ってからも、身体の拘束中は着用を強いられたらしい。

「あの子ったら、涙を流して、何とかしてくれって訴えて……可哀想で、見ていられなかったわ」

車中、当時の匠の様子を思いだしながら、妻が告げる。

「おれにも始終、せめて襁褓だけは外して欲しい、と医者に頼んでくれって言ってきたよ」

一緒に出向くこともあったが、なべて面会には、妻と交代で週に一、二度、行った。

いついつ顔を出すと、まえもって知らせておいたせいもあるのだろう、面会のときには拘束を解かれ、たいていはベッドにならんで話をする。が、何度かは、ベッドに縛りつけられている息子の姿を眼にした。

「あれは病人にすることじゃない。牢獄に入れられた囚人だ……いや、囚人だって、そうそう、あんな目には遭わないんじゃないか」

「一人部屋だから、けっこう部屋代も高かったのよ。ほかに入れる患者がいないためか、とあたし、疑ったこともあるもの」

匠を独房から出さない理由のことである。

「だいぶ良くなりましたよ」

と、医者が言うから、

「それじゃあ、あそこから出してやって下さい」

と頼むと、

「いや、まぁ、もう少し、様子を見ましょう」

その一点張りなのだ。

「今から思えば、おかしな先生だったわ。統合失調症の患者は一度や二度の入院では済まない、一生、出たりはいったりですよと言ったと思ったら、およそ長生きは出来ませんね、なんて平気で口にしたりするのよ」

初めて会ったときから、私も反感を抱いていた。何しろ、名刺代わりに差しだした私の著書を、冷ややかな顔で押しもどした医師なのだ。

「わたしは、まったく本は読みませんからって……いったい、どういう医者なんだ」

「失礼よね」

「だいたい本物の免許をもった医者かどうかだって、怪しかったものな」

どう見ても三十前の若さで、それは良いとしても、胸に大学名の書かれたカードを付けていたことがある。まだ大学院生か、インターンだったのかもしれない。

いずれにしても、入院して一ヵ月近くになって、私は昵懇のK先生に相談した。匠の受けた拘束の話をすると、先生は、

「冗談じゃない、いまどきの日本に、そんな病院ありませんよ」

と、わがことのように怒気をこめて言った。K先生みずから医師として勤める三鷹のM精神科病院でも、保護室という名の一人部屋に入れられるのは、入院して最初の一日か二日、せいぜいが三日間だという。

私たちはすぐさま、転院の手続きを取った。

五月の初め、三鷹のM病院への転院の日、こんどは匠は嬉し涙を流した。

「おいおい、まだ退院ってわけじゃないんだぞ。病院を変えるだけだ」

と、私が諭すと、彼は応えた。

「分かってるよ。だけど、あのO病院の糞地獄から抜けだせるかと思うと、それだけで嬉しくってさ」

現実に、匠が保護室にいたのは一日だけだった。その後しばらく、鍵などなく、自由に出入りできる一人部屋にいたが、ほどなく数人の患者が同居する大部屋に移された。

そうしてM病院に転院してからは、症状は数段に改善し、みるみる回復して、二月と経たぬ六月の末には、もう退院の話が出た。

突然の心肺停止という凶報が届いたのは、その矢先のことだったのだ。

「だけどな、喜びすぎて、躁になって、それが心臓に負担をかけたとは、やっぱり、ちょっと考

えにくいよ」

私はそれよりもまえ、つまり転院前のO病院での監禁と拘束が影響しているような気がした。妻も同感だったようだが、さきほどの解剖医に、その事実を話すことは出来なかった。

何がきっかけで心臓が止まってしまったのか――原因は不明、としか答えてくれないのだから、いくらO病院での匠に対する扱いのひどさを訴えても、無駄だったのにちがいない。黙ったままに、あの表情のない顔を向けてくるのが落ちだったろう。

私も妻も、今となっては沈黙するしかなかった。もとより義妹も何かを語るどころか、後ろを振りかえることもなく、じっと前方を見すえている。

そうするうちに、タクシーは三鷹の駅に着いた。三鷹からはJR中央線で国分寺に出、西武国分寺線、新宿線と乗りついで、狭山市駅前のマンションの自宅に戻った。


Y葬儀社の担当者がわが家を訪ねてきたのは、それから五時間ほどが経過した午後の三時過ぎだった。

一昨日の午後、遺体と対面し、次男の死を確認して帰宅した時点で、妻はパソコンに向かい、近隣の葬儀社をリサーチしはじめた。そばにいた私にも、いくつか、プリントアウトしたものを見せて、相談した。

結果、自宅からいちばん近い古刹《こさつ》、徳林寺《とくりんじ》が所有する不動堂を葬儀場として借りうけ、管理しているY社に、段取りやら何やらを任せることとした。

市立の中央図書館のある岡の反対側の中腹に最近、真白の巨大な聖観音像《ひじりかんのん》が建立されたが、不動堂はその西隣に建っている。

　徳林寺は曹洞宗の禅寺で、代々真言宗を奉じてきた私の実家とはなじまなかったが、逆縁で急逝した匠の葬儀は、私の両親の墓がある彼らの生まれ故郷、新潟は三条の菩提寺でせねばならぬ道理もない。

　だいたい匠は生前、仏教ばかりか儒教、道教、神道にも興味をもち、最後はクリスチャンになりたかったようなのだ。ただ、仏教に関心を寄せていた五、六年前、彼は徳林寺での写経の会や読経会に参加したことがあり、住職や副住職とも顔見知りだった。

　近所とあって、私自身、町の蕎麦屋や小料理店などで住職とは出会っており、会釈ぐらいはする間柄である。

　そんなことから、

「よし。徳林寺の和尚さんに弔っていただけるなら、匠も喜ぶだろうよ」

　そう言って、私がみずから電話を入れた。思ったとおり、住職は匠のことをよく憶えていて、訃報を知ると、

「まさか、あのしっかりとして、元気そうだった若者が……」

　絶句したが、場所が自寺所有の不動堂ということもあり、葬儀をとりおこなってくれることになった。しかし、うっかり失念していたのだけれど、まもなく新暦の盆の時期になる。日によっては、自分はふさがっていて、

「そうなると、若い副住職に頼むことになりますが、それでもよろしいでしょうか」

「ええ。息子は副住職さまにも懐《なつ》いていたようですから」

じっさい、匠の葬儀はそれからさらに三日後の十三日、盆の入りと重なり、副住職に依頼するほかなくなってしまった。

亡くなったのが七月八日の土曜日で、なか一日おいて十日の月曜に解剖・検索、翌十一日と十二日は、長男が「どうしても休めない仕事がある」ということで、私も十一日の火曜日は、勤め先のH大学の前期最終授業——期末試験の日だったのである。

昨今の遺体の保管保存技術は進んでいて、

「夏場でも特別の霊安所に安置させていただければ、相当な期間、保たせることが出来ます」

と、葬儀社の担当者は胸を張る。昔ながらのドライアイス使用ではなく、完全に冷凍してしまうのだろう。どうやら、その「霊安所」も移動式になっているらしい。

「徳林寺のお堂のなかに設置させていただくのですが、もしも保管中に、ご遺族の皆さまが仏さまとお会いしたい、ご覧になりたい、とおっしゃるのならば、方法はございます」

ここで担当者は、ふっとわが家の柱時計に眼をやった。

「そろそろ、縫合された遺体、いえ、仏さまがお寺に到着なさるころですね」

その遺体をいったんは霊安所に収めるが、棺と祭壇を用意して、そちらに移すことも可能である。ただし、その場合には、それこそ大量のドライアイスが必要となる。また、葬儀場のエアコンを付け放しにしておかねばならず、一日につき五万円の実費がかかるという。

「この時間はまだ無理でも、おそらく今夜中にも祭壇にお移しすることは出来ます」

明日の朝にでも拝顔は可能だ、と告げて、担当者は葬儀当日の進行のほうに話題を変えた。

新旧、大小おびただしい墓碑が林立するなかを、ゆっくりと舐めるようにして夕靄が漂い、地に下りてこようとしている。私は一人、徳林寺の境内奥にひろがる墓地を歩いていた。

本当は、さきに墓地の東端の高台に位置する不動堂に詣でようと思ったのだが、気が乗らず、遠廻りして南西側にある寺の表門をくぐり、境内にはいった。

Y葬儀社が自社の葬儀場として徳林寺から借用している不動堂にはすでに、縫合された匠の遺体が運ばれてきているはずだった。

日に五万の金を出せば、遺体は祭壇に置かれて、明朝にでも対面することが出来る——そのことをめぐって、私と妻との間には、ちょっとした諍いが生じた。

「徳林寺の不動堂は、うちから歩いて十分とかからない。そんなに近場に来ているのに、会えないとはな」

葬儀社の担当者が帰ったあとで、私はひとりごちるように呟いた。それに、妻が反撥したのだ。

「会うだなんて、言わないでよ。もう口もきけないし、表情一つ変えられないのよ」

いくら遺体を拝んでも、匠が生きかえるわけではない。五万や十万の金はすぐにでも用意できるが、それなりの額でもある。副住職への礼金を増やすとか、花代、線香代にするとか、もっと有効なことに使うべきだ、というのである。

もっともだ、とは思う。が、妻の本音は、息子の痛ましく生々しい骸を見るのが耐え難い……そこにあるのではないか。

そうでなくとも私たちは二日前、褐色と化して硬直し、木偶《でく》や土偶《どぐう》のようになった匠の顔を眼にしている。くわえて、行政解剖のおこなわれた杏林病院の法医学控え室での私服警官の、心ない振舞いが脳裏に甦る。切断され、穿鑿された遺体を彷彿とさせる、手で宙を掻くような仕種だ。

「だけどな……」

口にしかけた私の眼前に、てのひらを伸ばしてきて、

「うるさいっ」

妻は言った。

「おまえは赤ん坊のころの匠を一度だって、抱いてやったことがないくせに」

思いがけない罵詈《ばり》だった。何が、どうなって、そういう言葉が出てきたのか……妻の頭の回路も分からないが、「おまえ」と呼ばれたことにも、私はびっくりした。一緒になって三十余年、いや、それ以前から私は、彼女に「おまえ」などと言われたことは絶えてなかったのである。

匠を喪って、誰よりも気を落とし、悲しみに沈んでいるのは、間違いなく妻だろう。あるいはその消沈といおうか、消失感、空虚感が、どこかで形を変えて、瞋恚《しんい》となり、怒りや苛立ちに取ってかわってしまったのかもしれない。

たしかに一時期の私は「ウィークエンド・パパ」と自嘲的に言っていたほどに自宅へ帰っていなかったし、赤子のころの匠を抱いた憶えもない。

妻の憤りを買うような真似も再三、くりかえしてきた。

けれど、それにしても、唐突に過ぎやしないか……私が眼を白黒させて、何も応えられずにいるうちに、妻は自分の部屋へ駆けてゆき、ばたんっと大きな音をたててドアを閉めた。

それきり姿を見せず、私は私で呆れ顔のままに玄関口に立ち、サンダルを突っかけて、外へ出てしまったのだった。

墓地内の道は狭く、迷路のように入り組んでいたが、さほどに高い碑はなく、見通しは良い。不動堂や白亜の観音像の建つ高台の方向に歩いていたら、その高台へと斜めに延びる石段下に出た。

ここまで来たら、躊躇《ためら》いはない。

石段を昇り、額の汗を手でちょっと拭いてから、不動堂のまえに立った。合掌し、軽く拝むようにしてから、堂の扉に手を伸ばす。開かない。閉まっている。

もしや、と思い、裏口のほうにも廻ってみたが、そちらのドアも閉まっていた。

午後も六時を過ぎている。とうに作業はすみ、関係者は全員、帰ってしまったのだろう。が、匠一人は残されている……正確にいえば、匠の遺体は運ばれてきて、この堂内のどこかに置かれているはずだった。

「……匠」

小さく、呼びかけてみた。むろん返事など、聞こえはしない。かわりに、透いてはいるが、おっとるく軋んだ女の声が耳裏に響いた。

「可愛いんでしょ、匠くんが……あなたには絶対、捨てられっこないわよ」

L子の声だ。ちょっと切れあがった賢そうな眼や、白磁のように滑らかに尖った鼻が思い浮かぶ。

L子は婦人雑誌のエディターだった。彼女と知り合ったのは、まだ匠が生まれるまえだったが、まぎれもなく才と色とを兼ね備えたL子に私は惹かれた。あとから思えば、その面差しはどことなく、未練をもちつつ離別した前妻に似ていたかもしれない。

黙っていても私の気持ちはL子に伝わり、彼女のほうでも満更ではなかったようだ。だがL子には夫がいて、私にも家庭があった。

しばらくはだから、二人の付き合いは、執筆者と担当編集者としてのものでしかなかった。それが、のっぴきならない関係に陥ったのは、まさに匠が赤子から幼児へと成長するころと重なっている。

私がウィークエンドにしか帰宅せずにいたのは、ただ仕事に追われ、多忙だったからではない。一時期などはL子と半同棲の状態でいて、休日にすら帰らなかったこともある。

あれは匠が二つ、いや、三つになっていたか、まだ保育園に預けられていた時分のことだったと思う。

クリスマス・イブの晩で、私はL子と一緒だった。いつもは連れ立って新宿や渋谷の繁華街を飲み歩き、高田馬場の私の仕事場に泊まることが多かったが、そのときは二人が組んで掛かっていた仕事もからんで横浜にいた。

たがいに自宅へは帰らず、もう丸三日間、離れないでいた。本当はしかし、その夕刻、私は帰宅するつもりでいたのだ。それを告げると、

「そうしなさいよ」

と、L子は言った。

「だって、まだサンタを信じてるんでしょ、お子さんたち」

「ああ。とくに下の子はね」

「だったら、早く帰ってあげなくちゃ……いそいで匠くんたちのプレゼントを買って、サンタさ

んになってあげなさいよ」

周囲はともかく、私とL子は自分たちの関係を世間が言うような浮気だとか、不倫だなどとは思っていなかった。当然のように隠し事にはせず、私は妻に、L子は夫に、事実を明かしてしまっている。

それが良かったのか、どうか。

事を知って、忿怒や怨嗟の言葉は口にしても、幼子を二人抱えた妻は別れ話には一切聞く耳をもたず、子はないものの、七年間もともにL子と暮らした彼女の夫も同様だった。イブの晩のことだ。サンタクロースはともかく、夫君も、L子の帰りを待っているのは疑いない。

そのことは口にせずに、私は戸塚に住むL子を東京駅まで見送ったあと、駅構内のショッピング街で息子らへのプレゼントを買って、狭山の家へ戻ろうと決めていた。

ところが東京駅の横須賀線のホームで、同駅始発の電車を待っているうちに、気が変わった。

何を考えているのか、L子は黙ったまま、ずっと俯いていた。私は彼女の肩に手をまわして、故意に暢気《のんき》な声を出していた。

「行こう、ともかく、横浜へ」

さすがにL子は、笑顔は見せなかった。が、依然、眼を伏せたままに、小さく顎をひき寄せた。

L子の自宅のある戸塚に近い横浜でも、いくどか私は彼女と飲んでいる。たいていは横浜駅から京浜東北線に乗り換えて桜木町で下車、伊勢佐木町界隈の安酒場を梯子《はしご》して歩くのだ。

この夜も同じだった。何軒目かの店で、私もL子も相応に酩酊したころ、私はトイレに行くと言って、席を立った。店は混み合っていて、客の陰に隠れてトイレも店の戸口も見えない。

そうと読んで、私は戸口へ向かい、外に出た。まだ一般用の携帯電話が出廻るまえで、そこかしこに赤やピンク、緑いろの公衆電話が置かれていた。

私は、数軒先の煙草屋のまえにあった電話の受話器を取った。プリペイドカードを差しこみ、自宅の番号釦を押すと、すぐに義妹が出た。

その時分から彼女は近所に住んでいて、祝い事やら何やらあると、たいてい顔を見せる。このときも、わが家に招ばれていたのだ。

私がもしもし、と言うのとほぼ同時に、

「義兄《にい》さん？……ガクさんでしょ。何やってるの。何時だと思ってるんですか」

「何時って？」

ちらと腕時計を見ると、九時をとうに過ぎている。

「みんなして、まだクリスマスケーキも食べずに待ってるのよ。今日は帰ってくるって、義兄さん、約束したんでしょ」

それには応えずに、

「……匠も、まだ起きてるのかな？」

「そうよ。可哀相に、ガクちゃんはお仕事だ、忙しいから遅れてるんだって、自分を納得させてるみたいよ」

もしかしたら、サンタクロースを迎えに行ってるのかもしれない、とまで言っているという。

「だけど……」

と、私が口にしかけたとき、耳障りな雑音が響き、瞬間的に匠の声が聞こえた。

「ガクしゃんの悪口を言うなっ。ガクしゃんは、わるくなんかないんだ」

妻や義妹たちがふだんから私を筆名で呼ぶので、長男もガクちゃん、舌足らずの匠はガクしゃん、と呼ぶ。その匠が義妹から受話器を奪おうとして、飛びかかっていく様子が眼に浮かぶ。

何やら妻が匠を抱きとめて、宥める気配がし、ややあって、

「……それで、どうなさるんですか、あなた、今夜は？」

このところ耳慣れた、冷たく事務的な妻の声がした。

「匠の言うとおりさ、取材の仕事でね、遠くにいるんだ」

「遠くで……また、どなたかと飲んでらっしゃるんですね」

「………………」

「家に帰れないほど、そんなに遠くなんですか」

横浜だと言いかけて、やめ、

「とにかく帰れないから、サンタの役は頼みます」

とだけ告げて、私は電話を切った。

それきり元の店に戻り、L子の待つ席に着くと、彼女はテーブルに顔を伏せていた。

と、肩に手をやると、顔を上げたが、眼が赤い。酔いのせいばかりではないのは、目尻が濡れているので瞭然だった。

「ごめん、待たせた」

離席後に私が何をしていたのかは感づいていようが、彼女も妻と同様、よけいな咎め立てはしようとしない。それが、いっそう私には辛かった。

テーブルには、私が立つまえと同じ状態で酒と肴が置かれていた。私は坐らずに、

「よし、つぎの店へ行こう」

L子をうながし、伝票を摑んで、レジに向かった。

せっかくだ、観音様にも詣でておこう。

私は匠の遺体が眠っているはずの不動堂をあとに、左隣の観音堂へと足を向ける。頭上にそそり立つ三メートル余も丈のある聖観音像を仰ぎながら、反対のこともあったな……ふいとまた、思いだした。

ウィークエンド・パパ。なるほど、私が帰宅するのは、週末から日曜にかけてが多かった。むろん、一家団欒などというものではない。それでも子どもたちが一日中、家にいる……一緒に過ごしてあげたい、という思いもないではなかった。

あいかわらず「冷戦」ともいうべき関係がつづいてはいたが、勤めをもつ妻には、休日になすべき家事が山積している。子らの面倒をみる余裕がない。

私としても、少しはそういうことを慮ってはいた。

たぶん、L子の側でも、事は似ていたにちがいない。ウィークディの夫君は、さして彼女を必要とせず、時間のたっぷりある土日にこそ、そばにいて欲しかったはずである。けれど、だからこそ嫌だ、億劫だ、とL子は言う。すでにして気持ちは私のほうに寄り添ってしまっていたのだから、当然ではあったろう。

その日は日曜だったが、今日は二人して過ごしたい、というL子の申し出を断わって、私は帰

宅した。半年前のイブの晩とは逆に、私は家族を、というより匠をえらんだのだ。

匠はその春から、幼稚園に通っていた。そして園児になって初めての運動会を迎えようとしていた。

ところが数日前、妻は突然に九州への出張を命ぜられ、「どうしても拒否できない」とのメモを私に渡してきていた。ただし、午後の飛行機で福岡に向かうので、午前中は匠に付いていてやれるという。

「要するに、アフタヌーン・パパさ」

私は肩をすくめてL子に言い、一人帰ってしまうことへの許しを請うた。

「ウィークエンドでもアフタヌーンでも、どっちでも良いけど、やっぱり大変ね、ガクしゃんパパも」

応えて、L子は頬をゆるめた。が、眼は笑ってはいなかった。

遅くとも正午には着いていて欲しい、と妻のメモにはあった。園児は園庭で保護者の父兄と昼食をとることになっていたからだ。

けれども、もともとL子と別れたのが遅かったのにくわえ、電車の接続がわるく、狭山市駅に到着したのが、もう正午過ぎ。幼稚園の門をくぐったときには、十二時半近くになっていた。

園庭は狭く、五十メートル四方ほどしかないが、小さなグラウンドを囲み、園児に保護者、見物客で埋めつくされている。皆、園庭に敷かれたビニール・シートに坐って、弁当をひろげているのだった。

匠のやつ、いったい、どこにいるのか……私は困った。いくら小規模な幼稚園とはいえ、年長組に年少組、合わせて百人くらいの園児がいて、誰もが白いシャツに白い短パン、白い運動靴、と同じ格好でいるのだ。しかも、園児らの倍以上の数の見物客にまぎれてしまっている。すぐには、とても見つけられそうになかった。

ちょっと歩いてから、左手の園舎のまえに、簡易テントがしつらえてあるのに気づいた。どうやら今日の運動会の運営本部になっているようで、スピーカーが置かれ、なかに見知った顔の保育士もいる。

彼女らに匠の行方を訊くか、いざとなれば、放送で呼びだしてもらうしかあるまい。そう思い、簡易テントのほうに近寄ろうとしたときだった。

テントのすぐ脇で、子どもが泣いている声が耳にはいった。

「ガクしゃん、来ないよう」

こちらからは死角になっているが、確かめてみるまでもない。首を伸ばして、覗きこんでみると、匠が担任の若い保育士に手を引かれて立っていた。

「匠っ」

呼びかけると、匠は保育士の手を振りほどくようにして、私の側に駆け寄り、

「遅いじゃないか、ガクしゃん。バカ、バカ、バカッ」

握り拳で私の腿を叩く。そのまま膝のあいだに顔を埋めて、泣きじゃくった。そんな匠の頭を撫でてやりながら、

「ごめん、ごめん」

と、私は謝った。

「抜けられない用事があってな」

匠が泣きやむのを待って、

「良かったわね、匠くん。お父さん、ちゃんと来て下さったじゃない」

保育士が言い、妻から託されたという二人分の弁当を私に手わたした。

「ガクしゃん、来ない来ないって、さっきから匠くん、血まなこになって、さがしていたんですよ」

大きく頭を下げて、私は保育士に礼を言い、匠と二人してテントの近くのシートに腰をおろすと、いそぎ弁当を喰べた。

ほどなく運動会が続行されたが、午後の演目の三つ目が五十メートルの徒競走だった。

園児たち全員が、グラウンドをほぼ半周するのだ。五人一組の競争で、スタート脇には長い列ができていたが、いくつかの組がすんで、匠らの番がまわってきた。匠は外側から二人目である。

掛の保育士が笛を吹き、それを合図に一斉に飛びだした。匠には小児喘息の持病がある。一度発作がはじまると、いつまでも咳が止まらない。いかにも苦しそうで、見ているほうも辛くなる。

今日も食後、いくらか肩を上下させていたので、発作を心配したが、大丈夫そうだ。

「よし、いいぞ。匠、その調子だ。頑張れっ」

おもわず声が出ていた。風邪をひきやすく、身体が弱い。そのぶん匠には、かえって向きになるところがあった。スタートダッシュが良すぎて、勢いが余ったか、直後に隣の子の腕に触れてしまった。一廻りほども大きな体格の男児だ。

その子は素知らぬ顔で、まっすぐに駆けてゆく。匠はよろけて、足をちょっとふらつかせている。危ない、と思った瞬間、前のめりに転げこんでいた。

そばにいた担任の保育士に目配せすると、私はグラウンドに走りでて、匠に近寄り、抱き起こしてやろうとした。しかし、匠は自力で立ちあがった。

肘と両膝を地面にぶつけたようで、泥が付き、赤くなっている。擦りむいてしまったようだが、丸い頬をぷっと膨らませただけで、泣くでもなく、上目遣いに私のほうを見て、恥ずかしそうな笑みを浮かべた。

「偉いぞ、いい子だ……よく我慢したな。痛いか？」

「…………」

匠は黙って首を横に振る。

「じゃあ、走れるな。最後まで頑張れっ」

うなずいて、匠は走りはじめた。

外側の通路に出ると、私も駆けて、先廻りしてゴール前に立った。すぐに匠の姿が見えた。少し足を曳きずるようにしてはいたが、止まりはせずに、ゴールに飛びこむ。

ビリではあった。が、とりあえず完走したのだ。一部始終を見ていた周りの客から、大きな拍手が湧いた。

「偉いぞ、匠っ」

改めて匠のほうに寄ると、私は腋《わき》の下《した》に両手を入れて、小さな闘士の身体を抱きあげていた。

匠の遺体解剖のなされた翌十一日の午後、私は兼任講師をしている市ヶ谷のH大学にいた。毎週火曜の午後の二コマ、教養英語が私の担当だったが、その日は前期の最終授業というばかりではなく、期末試験をおこなう予定の日だったのである。

少人数制の英語科目の試験は「授業内試験」といって、管理・監督の役目も担任教師が受けもつ。身内の死とそれに伴う葬儀の準備という緊急事態を理由に、試験日を延期したり、あるいはレポート提出のみですませる方法もあったかもしれないが、そうはしたくなかった。運動会の徒競走で、転んでもビリになっても、向きになって走る……匠のその性格は、私ゆずりだったのだろう。あらかじめ用意してあった問題用紙と回答用紙を腕に抱えて、いつもの教室に行き、教卓前に立つと、

「……先週の土曜の朝、正確には夜半過ぎから未明の間に、わたしの次男が急逝しました」

知らず、口から声が出ていた。

「ちょうど三十だから、きみたちより十歳ほど年上になるのかな。前夜まで元気だったのが、突然の電話で心肺停止と知らされてね」

四十人弱の学生が、誰も唖然とした顔をして、私のほうを見つめている。なかには、よそを向いたり、隣の学生とひそひそ話をしている者もいた。

「心肺停止というのは、じっさいはもう死んでるんだ。九割九分、死んでる……それでも助かってくれ、とわたしはバカみたいに祈りつづけてね。もう三日前のことさ。いや、まだ三日しか経ってはいない」

自分でも支離滅裂で、譫言《うわごと》のようだと感じる。学生たちにとっては、なおのことであったろう、きょとんとするのが当たり前で、「先生、正気ですか」「何が、どうなっているんでしょうか」「今日の試験は中止ってこと？」無言の顔で問うている。

よし、やめた。私は口を閉ざすと、黙々と試験用紙を配った。

「それでは、はじめて下さい。制限時間は一時間です」

短く告げると、私は少しだけ教室内を巡回して歩いて、監督する振りをする。

べつにカンニングをしたいやつは、すれば良い……世間に出るための試験だ。それが私の流儀だった。カンニングすら出来ないような生真面目なやつは……おい、匠か、おまえ。

ふっと苦笑を洩らし、私は教卓前に戻って、肘掛け椅子に腰をおろした。頬杖をつき、軽く目を閉じる。

またぞろ、幼稚園児だったころの匠の姿が瞼裏に浮かぶ。

「駄目だよ、ガクしゃん。砂漠なんか行ったら、怖いよ、死んじゃうよ」

もう二十五年、四半世紀もまえになるのか、H大学の教壇に立って三年目、私は同大学の学術調査探検隊の一員として、中国の西域《さいいき》、タクラマカン砂漠へ行くことになった。

タクラマカンはサハラに次いで世界第二の広さをもち、その名には、「一度はいったら、出られない」という意味がある。「死の海」とまで、呼ばれているのだ。

そういう大人たちの話を聞きかじってのものだろう。ちょうど、その年の前期最終授業が終わった晩に、匠が私の足もとにまつわりついてきた。そして半泣きになって、「駄目だよ」「駄目だよ」と叫んだのである。

その数日後に私は中国へと旅立ったのだが、この一件、もとはといえば、H大学体育会のワンダーフォーゲル部顧問をつとめる先輩教授が私に明かし、

「ぜひとも参加していただきたい」

と誘ってくれたことにはじまっていた。

私はほとんど二つ返事で引きうけた。大学の教師としてよりも、私の物書きとしてのキャリアに役立つのではないか、と先輩教授には言われたが、探検するのは、一般観光客は立ち入ることの出来ない未開放地区である。とくに西部は、大半が未知、未踏の地域であった。

もともと登山やアウトドアが好きな私には、たいそう魅力的な話であるのは間違いない。さらに私は、この旅が私とL子、そして妻や家族——その一種縒《よじ》れた関係に、なにがしかの転機、転換をもたらしてくれるのではないか、とも考えたのだった。

タクラマカン砂漠調査探検の旅はしかし、最初から荒れ模様であった。

まずは西域の中心都市、ウルムチから砂漠への起点、ホータンへと向かう飛行機の出発が六時間も遅れ、ようやく飛び立ったと思ったら、機体はたちまち浮砂《ふさ》——風にあおられて舞いあがった砂につつまれてしまった。

ホータンの上空には至ったものの、容易に着陸できず、長らく旋回。燃料不足で戻るに戻れず、ついに無理やり滑走路にすべりこんだ。

結果、オーバーランして、砂礫上に着陸する。一行はどうにか下りて、迎えのバスに乗りこんだが、振りかえると、飛行機の車輪が炎上していたのである。

世界的な天候不順の影響も、まともに受けた。

ホータンからは昔のシルクロード、西域南道を車で進み、ウーティンなる町に着く。なんと、その夕方から雨が降りはじめ、一晩中、降りつづいたのだ。調査探検隊は全部で三十七名、その

うち中国人隊員が、中国科学院の教授ほか十五名いたが、

「この時期、ここで雨が降るなんて、考えられません」

皆が異口同音にそう言って、首をかしげていた。

雨がやむと、こんどは浮砂と飛砂《ひさ》の襲来である。

ウーティンで一行は四つの隊に分かれた。他の三隊はいずれも、地理や考古学など学術が中心だったが、私が隊長をつとめた「ケリヤ川航下調査隊」は探検的な要素が強い。私と、これも元山岳部出身の医師（ドクター）、二人の中国人隊員以外の五名は全員、現役のワンダーフォーゲル部員だった。

砂漠に雨、も驚きだが、じつはタクラマカンには、いくつかの河川が存在する。ただし夏季の数ヵ月のみで、クンルン山脈の雪解け水が流れこんでいるのだ。

その一つがケリヤ川で、そこを大小二隻のゴムボートで航下、川と流域の地形や自然の状態を調査する、というのが私たち「航下隊」の目的だった。

もちろん、別個にランドクルーザーが二台用意され、現地で採用された中国人が運転し、ボートに併走する。

浮砂と飛砂には悩まされつづけたが、本格的な砂嵐に見舞われたのは、航下をはじめて一週間が過ぎたころだった。

午後遅く、ボートを漕いでいたときすでに、予兆のようなものはあった。川の水音に混じって、ざりっ、ざりっと、地表を這う風が砂を巻きあげる音が耳についたのだ。

夕刻になると、それがひどくなり、空中が浮砂におおわれて、五、六メートル先すらも霞んで

見えぬまでになった。

それでも私たちは、いつもと変わらず川辺の窪地で野営をすることにし、そそくさとテントを建てて、インスタントの夕食をとった。

テントは三基で、大きめのテントに学生隊員、小さな二つのテントに中国人隊員二人と、私とドクターの二人が、それぞれ寝泊まりしていた。ランクルの運転手たちは、車のなかで寝起きしている。

夕食後まもなく、副隊長役の学生隊員Fくんが、私とドクターのテントをおとずれた。

「ここは立地的に、まずくはないですか」

と、Fくんは言った。背後が庇状の崖になっていて、少しぐらいの飛砂なら、それが防いでくれる。だが今日の風の勢いは並み大抵のものではない。現に、日本から送っておいた丈夫なはずのテントが揺れに揺れ、周囲には膝丈ほどにも砂が積もり、たまった砂の重みで天井にも弛みが出来ている。

「これ以上、風がひどくなったら、テントが砂に埋まるか、つぶされますよ」

「分かった。どこか、ほかへ移ろう」

Fくんの進言を受けいれて、他の隊員に飛砂の撤去と防護策をゆだねたのち、私とFくん、それに中国人隊員二名が、四人して近辺の適地をさがすことにした。

当然、ただ闇雲にそうしたわけではない。

河川が流れていることでも知れるとおり、タクラマカン砂漠の特徴は、砂礫と砂丘の連続ではなく、砂丘の合間合間に灌木の生えた平地が点在していることにある。

灌木とはいっても、胡楊《フーヤン》と葦に似たタマリスクぐらいだが、たまに胡楊が群生して、林や森のようになっているところがあるのだ。それが防風林の役目をはたして、飛砂からテントを守ってくれるにちがいない。

「とにかく、胡楊の森を見つけよう」

私たちはヘッドランプと防砂用のゴーグルを着け、砂礫のなかを一列になって歩きはじめた。

風は呼吸《いき》をしている。暴風ともいえるほどに激しく吹いたと思ったら、すっと止んで、嘘のように静かになるのだ。強風のときは腰をかがめて堪え、そのわずかの凪《な》ぎを利して私たちは進んだ。

そんなふうでも小一時間、二、三キロは歩いたろうか。

その間にも、数本の胡楊が寄り添うようにして立っている場所はあったが、おびただしい飛砂を木々が喰いとめてくれるようには思われなかった。それがふいに、直径十メートルほどの水溜まりが現われたのだ。

私たちのヘッドランプの明かりに映えて、水面が青白く光った。

「間違いない。この向こう、胡楊の森、ありまーすね」

日本語を話す中国人隊員の一人が叫んだ。

夜目を透かして見ると、たしかに何十本もの胡楊が群生している。高いのは三メートル近く、一メートルに満たない低木もあるが、これならたしかに「森」と呼んでもおかしくない。

ちょっとした池のような水溜まりの畔には、とりわけ多くの胡楊が生えている。これならば烈風を受けとめ、浮砂や飛砂を防いでくれそうだ。

「よし、野営地をこちらに移そう」

私は告げた。

この嵐のなか、テントをたたんだり、仕舞ったりするのは難儀だろうが、徒歩ではともかく、ランクルを使えば、移動するのにさしたる手間はかかるまい。何にせよ、いそぎ他の隊員たちと連絡をつけねばならなかった。

ところが、である。携帯のトランシーバーは持ってきていたが、空中は砂塵で満ちていて、まるで通じないのだ。

仕方がない、待機役を申しでた中国人隊員二人を水溜まりの畔に残して、私とFくんが、ドクターをはじめ、ケリヤ川の岸辺で待つ隊員たちを呼びに行くことにした。

そうして、私とFくんは元来た道を引きかえしはじめた。風はさっきより強くなっている。あいかわらず呼吸はしているけれど、凪ぎの時間が短いのだ。

Fくんも難渋しているようだが、二十歳そこそこで、私より二廻りも歳が若い。日ごろ部活動などで身体を鍛えていることでもあり、私にくらべ数段、足取りは軽かった。

たびたび立ちどまって待ったり、振りかえって励ましたりしてくれていたが、しだいに距離が離れてゆく。

そのうちに浮砂の簾《すだれ》の向こうに隠れて、見えなくなってしまった。

私とFくんはヘッドランプを下方に向けて、往路に四人して付けた足跡をたよりに歩いていた。新たに付いたFくんの逆向きの足跡もある。当初、それさえ辿っていけば大丈夫だ、と私は高をくくっていた。だが激しさを増した風が、その足跡を片端から消してゆこうとしている。

すでに、かなりさきまで進んでしまったのだろう、Fくんの姿は完全に視界にはなく、風の凪いだときに聞こえていた跫音《あしおと》もまるで絶えた。

まずい、このままでは道に迷うぞ……跫音のかわりに、駄目だよ、ガクしゃん。匠の声が聞こえた。砂漠なんか、行かないでよ。その声に重なるようにして、L子の声だ。可愛いんでしょ、匠くんが。あなたには捨てられっこないわよ。

いけない、これはパニックの兆候だ。長年の山登りの経験が、私に教えた。おれはパニックに陥りかけているぞ……自分に言いきかせ、私はさらにまえに進もうとしている足を必死に留めようとした。ここで止まるんだ。おれが付いてこないと気づいて、Fくんが戻ってくるかもしれない。二人になれば、智恵も力も増す。

出発点に帰るのも登山やアウトドアの鉄則の一つだが、足跡が消えてしまった今となっては、それも危険だった。

さいわい、久々に風は凪いでいて、小康状態である。浮砂も減り、かなりさきまで近辺の様子が見わたせる。

さらに運の良いことに、数歩離れたあたりにも、最前の四分の一ほどのごく小さな水溜まりがあって、畔に胡楊の木が二、三本、生えている。その根方にうずくまっていれば、多少の時間はもちこたえることが出来るだろう。

私は頭に手を廻し、ウィンドヤッケのフードをしっかりと押さえつけるようにしてから、腰をかがめ、胡楊の木蔭に坐りこんだ。

またも風が激しくなった。頭のなかでも風が躍り、砂が舞う。それに抗するようにして、幼い匠の声や姿がつぎつぎと甦り、駆けめぐってゆく。

たまたま早く家に帰って、一緒にお風呂にはいったとき、ガクしゃんの足を見て、「あっ、髪の毛っ」叫ぶなり、濃い臑毛《すねげ》を払おうとしたね。何でもお兄しゃんの真似をしたがり、こんどは、いつタクミとお風呂はいるの」と訊いたりもした。「ねぇねぇ、ガクしゃん、こんどは、いつタクミとお風呂はいるの」と訊いたりもした。お兄しゃんが絵を描きはじめると、「タクミにも頂戴」自分も鉛筆を手にしてお絵かき帳に正体不明の絵を描く。お兄しゃんがエレピアンを弾くと、奪いとるようにして滅茶苦茶に鍵を叩きだした。チャンバラごっこを覚えたら、しょっちゅうやりたがり、二本のバットを用意するけど、お兄しゃんは他のことをしたいので、相手にしない、すると、ワーンと大泣きだ。それでいて、お兄しゃんが叱れるのも、嫌なんだね。「お兄しゃんをいじめるなっ、怒っちゃ駄目っ」と言って、自分のことのように泣く。保育園で同い年の園児にぶたれても、ぶちかえす素振りだけ。「ジェスチャーばかりの優しい匠くんです」って、保育士さんが連絡帳に書いていたよ。友だちにも保育士さんたちにも、「ねぇ、タクミのこと好き?」口癖のように訊くんだろ。寝るまえにアイスクリームが食べたいって言うから、駄目だと首を横に振ると、「だって保育園の先生が良いって言ったよ」と、胸を張って、ふんぞりかえっている。ガクしゃんもお母しゃんも大笑いさ。これはもう、あげるしかないだろうね。誰に教わったのか、「痛いの、痛いの、ガクしゃんに飛んでけっ」なんて言うから、「痛いの、痛いの、タクミに飛んでけっ」って言いかえしてやったら、お腹押さえて、「あいたたた……」なんてさ。お母しゃんのつくったバレンタインのチョコを、ガクしゃんのぶんまで食べて、ほんとうにお腹痛くしてたけどね。小瓶にはいったカルアミルクをココアと間違えて、美味しい美味しいって全部飲んじまった。酔っ払い、真っ赤な顔して、ふらふらしてたっけ。ガクしゃんが新聞を読んでたら、脇から顔を出して、「見せて」とせがむ。渡してやると、一丁前に仏頂面《ぶっちょうづら》をしてみせて、「むつかしいよ、これ」だって。いつのまに、そんな難しい言葉おぼえたのかね。ときどき、床に落ちてるご飯粒を見て、怖い怖いって怯えたりして、変な癖もあるけどさ。動物園がお気に入りで、兎や仔羊のような小動物ばかりか、犀だの水牛だの、大きな動物にもひるまず触りたがる。パンダとも、お友だちだろ。保育園の学芸会でパンダの格好させられたことあったよね。「タクミはパンダだ、パンダだぞー」って、一日中そのままでいた。でも夜になって、尻尾が気になりだして、「んっ、んっ」取ってくれと、お母しゃんに頼んでいたっけ。動物だけではなく、虫も好きでさ、カブトムシやクワガタ、コガネムシ、テントウムシとかなら良いんだけど、ダンゴムシだの青虫、ミミズなんかも嫌いじゃない。ハエや蚊、ゴキブリでさえ、殺すと怒るじゃないか。そうか、植物もだね、団栗《どんぐり》や椎《しい》の実《み》、酸漿《ほおずき》なんかも、よくあつめてる。池袋のサンシャイン水族館、何度か行ったじゃないか。最初は怖がっていたけど、そのうち「お魚しゃん、お魚しゃん」って、水槽におでこを当てて、喜んでいたね。「ニンギョ、ニンギョっ」何のことかと思ったら、人魚じゃなくて金魚だったんだね。匠のごひいきはウルトラマン、それともドラえもんかな。いつもウルトラマンのポーズとって得意になってるし、ドラえもんの「どこでもドア」とか「四次元ポケット」面白がってるよね。でも家族四人して新所沢に『ドラえもん』の映画を観に行ったとき、途中で飽きて、ガクしゃんとお母しゃんの膝の上を往ったり来たりしていたじゃない。『となりのトトロ』も好きだよね、家で毎日のようにビデオ観てるもの。あるこー、あるこー、わたしは元気、あるくの大好き、どんどん行こうって、いつも唄いながらね。そうやって元気なときは良いけど、風邪をひくと小児喘息を併発して、大変なんだ。血の気の失せた真っ青な顔をして、胸もとを押さえ、海老のように丸く身を縮めてるじゃないか。いったん喘息の発作がはじまると、容易には治まらず、投薬にも速効性はないからね。あとさ、左顎の下のリンパ腺が腫れて、大きな病院で検査してもらったろう。何事もなくて良かったけどね。そうでなくとも風邪をひきやすいのに、寝相がわるくて困ってしまう。夜ふつうに寝かせたのに、朝になったら、さかさまに寝ていたりするんだもの。冬場にはガクしゃんも夜中、たびたび起きて蒲団をかけ直してやったね。いくどか家族で旅行もしたな。秩父や千葉のマザー牧場、箱根にも行ったけど、遠出したのは京都・奈良旅行。ガクしゃんの友だちの友禅職人、テッしゃんの家に泊めてもらってさ。奈良東大寺の大仏さんを見て、匠、「ふぇー、でかいっ」眼を丸めてたっけ。テッしゃんと一緒に野沢温泉のスキー場へ行ったのは、その年の冬だったかな。まだ小さな匠は一人では滑れない。ベテランのテッしゃんに抱っこされて、それでも下までゲレンデの斜面をいっきに滑ったろ。「テッしゃんも好きだけど、やっぱりガクしゃんが良いっ」そのガクしゃんが遅くに帰宅して、一人で食事をしていたら、そこへ寄ってきて、口をあーんと開ける。「小鳥みたいなやつだな」と言いながら、ご飯やお菜《かず》を口のなかに入れてやる。すると匠、満足げな顔をして、「今夜はガクしゃんと寝るっ」蒲団のなかにはいりこんでくるんだ。やたら懐くから、「匠はガクしゃん子だなぁ」と頭を撫でてやると、手を叩いて、「ガクしゃん子、ガクしゃん子っ」って、はしゃいでる。「ガクしゃん、今日は一日、家でお仕事。タクミ、嬉しい」それは有り難いけど、遅くまで仕事しているのでね、朝早くには起きられない。だのに、ようやく寝入った矢先、「ガクしゃん、ガクしゃん、起きてっ」には、参ったよ。そういう匠が夜分に一度、ガクしゃんの仕事場に泣きながら電話をかけてきたろう。「ガクしゃん、タメゴロウが死んじゃったんだ。卵をつまらせて」「えっ、タメゴロウが死んだって……卵？……何のことだい」「いいから、早く家に帰ってきて」

それきり電話を切っちまった。タメゴロウは、わが家で飼っていたセキセイインコのことだ。匠がお母しゃんにねだって買ってもらい、自分でその名をつけ、とても可愛がっていたね。それが死んだことは分かったけれど、何がどうしたのか、要領を得なかったのさ。あとでお母しゃんに聞いて、はっきりした。匠も、他の者も、タメゴロウは雄のインコだと思っていたが、じつは雌で卵を体内に宿してた。その卵を産もうとして体外に出せず、腹部に詰まらせて事切れてしまったのだという。匠は一晩中泣き通しだったらしいけどね、ガクしゃんはその晩も、ついに帰宅してはやれなかった。匠が「ガクしゃん子」であることを、いちばんよく知ってる人が、そばにいたもんでね。……

思いだされることの一粒一粒が、まさに飛砂のようにするどく、私の胸を突いてくる。ゴーグルの内側が潤み、靄がかかったようになった。そのときだった。

「ガクしゃん、見っけっ」

声がして、私は慌てて顔を上げた。誰かが目の前に立っている。おびただしい浮砂ばかりではなく、曇ったゴーグルのせいもあって、相手の顔が定かに見えなかった。

一瞬、本気で私は、匠か、と思った。

ゴーグルを取って、直視した。そこにいたのは、鰓が張りだし、ほそく尖った眼をした副隊長のFくんだった。大きく黒い眼をした匠とは、似ても似つかない顔立ちである。

背後にドクターや、このさきの「胡楊の森」で待機していたはずの中国人隊員二人もいて、他の学生隊員たちが「隊長、無事でしたかっ」叫びながら走ってくる。

「いったん、みんなしてランクルに乗りこみ、あの大きな水溜まりのある場所に行ってみたんですよ」

と、Fくんが言う。私が「森」に戻ったものと決めていたらしい。

「ところが、隊長の姿が見えないじゃないですか」

それで一同、手分けしてさがしていたら、私のヘッドランプの明かりが見えたのだという。

「最初に気づいたのは、わたしなんですがね」

と、ドクター。が、いまは手柄争いをしている場合ではない。夜更けても、一向に風はやまず、飛砂のおさまる気配はなかった。

「隊長、いそぎましょう」

うなずいて、立ちあがったが、まだ頭が朦朧としている。

Fくんとドクターの二人に両側から支えられるようにして、おびただしい砂が浮遊する闇に向かい、歩きだしながら、なおも私は幼い匠に助けられたような気がしてならなかった。

第三章　葬儀の日——放たれる

Ｈ大学での前期最終授業——授業内試験のあった翌日、いわゆる通夜はおこなわないことにしていたから、時間はたっぷりあった。丸一日をかけて、私と妻は匠の遺品の整理にあたった。

一応、分担を決めて、妻は衣類や履物、身のまわりの品々を、私は匠の遺した本やノート、ビデオ、ＣＤ、文具類を点検して、要不要に分け、無用なものは捨てることにした。

だが文具や教科書、参考書、雑誌はともかく、愛読した文芸書や歴史、哲学、宗教……とりわけて、あまたある漢文の入門書などは廃棄しがたかった。ノートや詩、作文、レポートといった私的なものは、なおさらである。

捨ててしまうどころか、午後になって匠の遺作を一つ一つ、繙《ひもと》いているうちに、どんどん釣りこまれてゆき、読みふけってしまっていた。

最初に手に取ったのは、ジャポニカ学習帳の「さくぶんちょう」三冊で、小学一年の秋から春にかけての匠の日記が綴られている。

九月十日　きんようび

きのう、おとうさんがいえにいたので、ぼくはがくどう（学童保育）にいかなかった。

九月十二日　にちようび

きょう、ぼくはおとうさんに、かいじゅうのおもちゃをかってもらった。

九月十三日　げつようび

きょう、ぼくはおどりをした。むずかしいのは、四にんでまわるところだった。

九月十九日　にちようび

きょう、ぼくは、はちまんじんじゃのちかくで、ばったをつかまえた。そのあと、はちまんじんじゃのみずをのんだら、あまくておいしかった。

九月二十一日　かようび

きょう、ぼくはおとうさんがいたので、いえにかえりました。それから、おとうさんといっしょにびでおや（ビデオ屋）さんにいきました。いろんなびでおがありました。

九月二十三日　すいようび

きょう、ぼくはともだちんちにいって、すうぱあはみこんをやりました。まりよのかせっとをやった。おもしろかった。

九月二十五日　どようび

きょう、ぼくはがっこうのうさぎに、はっぱをたべさせました。そのとき、はっぱといっしょにかまれました。

九月二十七日　げつようび

きょう、ぼくはつかれて、ゆうがたにはねむってしまいました。こうもりをつかまえたゆめをみました。

九月三十日　もくようび

きょう、ぼくはこわいゆめをみた。ゆめはしらないおばさんが、はいってきてかえっていくときに、きえてしまった。それでいっしゅん、かなしばりにかかった。

十月二日　どようび

きょう、ぼくはけえば（競馬）にいった。二かいはずれた。さいごにぼうるのおもちゃをかってもらった。

十月七日　もくようび

きょう、ぼくはぎんなんをたべました。おいしかったです。ぜんそくにいいといっていました。

十月九日　どようび

きょう、ぼくはおとうさんがおしえているがっこうのがくえんさいにつれてってもらいました。それからおばあちゃんのところにいきました。とてもたのしかったです。

十月十日　にちようび

きょう、ぼくはおばあちゃんのいえで、ぜんそくがでました。ぼくはねこのあれるぎーです。おばあちゃんのいえには、しゃむねこが二ひきいます。ぜんそくがでたのではやくかえりました。

当時はもちろん、匠のその後が推し量れそうな日記ではあるが、私としてはどうしても「おとうさん」、つまり私が出てくるところが気にはなる。タクラマカンから帰っても、L子との関係は終わらず、あいかわらずのウィークエンド・パパであったせいもあるのだろう。

ちなみに土日開催の「けえば」にはよく連れてゆき、帰りにはいつも「おもちゃ」を買ってあげた。いつもはウルトラマンやウルトラ怪獣なのだが、ただのボウル？……大負けしての帰りだったのか。

「おとうさんのおしえているがっこう」は高田馬場の専門学校。学園祭のあった日のことで、私の教え子の女子学生らに「可愛い」「可愛い」と言われて、大きく首を横に振り、ぷっと頬を膨らませていた。それなのに、じつは「たのしかった」とは……「おばあちゃんのいえ」は私の実家で、京王線の初台駅近くにあった。

さらに、日記を読みつづける。

十一月三日　すいようび

きょう、ぼくは、こおくうしょう（航空ショー）を見ました。すこしあるいたら、りんごあめのみせがありました。たこやきとかもうっていました。かいてんしてるひこうきもありました。きょうそうしてるのかなーとおもいました。まっくろいひこうきもありました。かわったひこうきがありました。かわったひこうきには、えんばんみたいなのとまるいやつがついていました。ちゃくりくしそうなひこうきもあったけど、だいじょうぶでした。

十一月十二日　きんようび

きょう、ぼくは、おとうさんがはやくかえってきたので、がくどうをはやくかえりました。せきがでるので、ぼくはのろのろあるいていきました。ちょっとじかんがかかりました。がくどうのとなりには、せんろがありました。でんしゃは、ぜんぜんとおりませんでした。ざんねんだったです。がくどうにはいきませんでした。ちょっとじかんがたつと、おにーちゃんがかえってきました。

十一月十六日　かようび

きょう、ぼくは、がくどうでなわとびのれんしゅうをしました。うでたてふせもちょっとしました。りゆうは、きんにくをつけたいからです。あしもはやくなるそうです。とちゅうでつかれたので、やすみました。つかれがとれたら、またやりました。あせがちょっとでました。でも、やりました。よるになったら、やめました。とってもつかれました。

十一月二十二日　げつようび

きょう、ぼくは、マフラーをあんでできあがりました。でもあんだのは、きかいです。なまえは、あむあむたまごとゆうきかいです。もちろんあながあいていたので、おかあさんがぬってくれました。かぶるとくすぐったくて、あったかかったでした。

十二月十一日　どようび

きょう、ぼくは、おばあちゃんちにいって、せきをしました。でもずっとまえにきたときほどでませんでした。おばあちゃんちには、こたつがあります。そしてこたつにはいって、やすみました。とてもくるしい一日でした。

十二月十八日　どようび

きょうは、がくどうのクリスマス会でした。一ねんせいは、大きなもみのきとおしょうがつというのうたをうたいました。カスタネットもつかいました。てじなもありました。とてもたのしい一日でした。

十二月二十四日　きんようび

きょう、ぼくは、おてつだいをしました。ぼくのおうちは、よい子スタンプと、おバカスタンプをおしています。よい子スタンプは、よいことをしたときにつけます。おバカスタンプは、やなことをしたときにつかうスタンプです。おさらにのったものをはこびました。とてもいいことをしたなとおもいました。

後半、もうカタカナを使えるようになり、わずかながら漢字も覚えはじめているのが分かる。自分や自分のまわりを眺めたり、体験を文章にする力も少しずつ身につけていっている。子どもの成長ぶりの早さを実感させられた。

私は並みの父親のように、あまりそばにいてやれなかった。それだけに、なおのこと、そう思わされてしまう。

年が明けて、兎を飼うようになってからは、ポチと名づけたその兎に夢中になる。それにしても以前に飼っていたセキセイインコがタメゴロー、そしてつぎの兎がポチ――すでにして、ユニークな子であったことは否めない。

一月十六日　日よう日

きょう、ぼくは、ウサギをかってもらいました。生きてるウサギです。耳をかくすとモルモットみたいでした。とてもよかったとおもいました。まるひろ（百貨店）のペットしょっぷでかいました。

一月二十日　木よう日

きょう、ウサギをかっているので、がくどうからかえってきたら、もちろんいました。ぼくは、ウサギをなぜなぜしてあげました。

一月二十七日　木よう日

きょう、ぼくは、がくどうに行かないで、おうちにかえりました。なぜなら、おとうさんがいるからです。ぼくはただいまといって、おうちに入りました。そこでぼくは、うさぎをだいてあげました。ふわーとしてあったかかったです。

一月二十九日　土ようび

きょう、ぼくは、ゆきがつもったのでゆきあそびをしました。でもせんせいが、だめだといったのでやめました。でもゆきだるまのいっぱいつくれるところをみつけました。みんなは大きなかまくらをつくっていました。でもぼくは、ゆきだるまを一人でつくりました。そのつくれたところとは、ようちえんのうらでした。おうちにかえってしばらくすれば、そのみんながつくったかまくらも、ぼく一人でつくったゆきだるまもとけちゃったと、おもいました。

二月一日　火よう日

きょう、ぼくは、ウサギをかってるからかんがえてみました。わかったぞとわかったとき、いいました。かんがえてみていたら、えさをウサギがたべていて、ぱりぱりしていたからです。かごに入ってるときはたいくつそうでした。

二月二日　水よう日

きょう、ぼくは、にっきをかくとき、あれにしようとさけぶのにきがつきましたので、ここの中でけしごむをあんまりつかわないようにしようとおもいます。なんか、もう一つかんがえられるかもしれませんでした。

二月十五日　火よう日

きょう、ぼくは、ぼくのウサギにえさをやりました。たべるのに5ふんくらいかかりました。ぼくは、おまえってたべるのおそいなあといいました。うさぎだからあたりまえだなとおもいました。ウサギは目がまるかったです。

三月一日　火よう日

きょう、ぼくは、ウサギのはないきがちょっと大きくなったのにきがつきました。そのとき、おかあさんが「そうゆうときおこってるんだよ。」といいました。ぼくは、ほんとかなあとおもいました。さいごにしんじてしまいました。

どうしたわけか、小学二年の日記は散逸し、それ以上の学年のものは、まったく失せてしまっている。その代わり、というのもおかしいが、二、三年生のころの作文と詩がいくつか遺されていた。

赤ちゃんのころ

はじめて、たくみちゃんがお母さんのおなかにできたとわかった時、またかわいい赤ちゃんがうまれるのだなとみんな、よろこびました。ところがおいしゃさまから、じっとうごかないようにしてないとげんきな赤ちゃんは生まれないと言われ、お母さんはしごとを休んで一か月ずっとねていました。その間お父さんがごはんをつくったり、お兄ちゃんのせわをしたり、がんばりました。でもそのみんなのきょう力のかいあって、げんきな男の子たくみちゃんがぶじ生まれました。そしてお兄ちゃんの時と同じようにお父さんが、たくみというとてもすてきな名まえを考えてくれました。そしておじいちゃん、おばあちゃん、おじさん、おばさんがかわいい赤ちゃんが生まれたのかなと、おおぜいであいにきてくれたのですよ。

ようち園に入る前

おとなしくていい子だけど、さみしがりやの赤ちゃんでした。だっこが大すきで、すぐお母さんのひざの上にのっていました。歩くようになっても、すぐだっこだっこといっていました。

ようち園のころ

虫が大すきで、ありやだんご虫などをつかまえて家でかうんだといってました。うんどう会で家の人のすがたが見えなくなったとき、大なきしました。一人でこつこつあそぶのがすきで、竹うまのれんしゅうも一人でがんばってのれるようになりました。

今のぼく

ぼくは一人であそぶのがすきです。とくに、てつぼうをやります。

十年後のぼく

ぼくはアルバイトをしようというゆめがあるので、かきました。とくにたこやきやをめざしています。

おつかい

ぼくは、5月のはじめごろから家でおつかいをしています。なぜそのことをしたかというと、おつかいに行くのがとてもさむそうなので、ぼくがおつかいをすることにしたのです。それでぼくは、お母さんにメモをもらいました。買うものは牛にゅうとパンです。ぼくが「それじゃ行ってきます。」というと、お母さんが「行ってらっしゃい。」といいました。外は、あめがふっています。ぼくは、さむいなあこんなにさむい、いつもお母さんは行っているのかあ、とおもいました。ぼくはセイユーという店に牛にゅうを買いに行きました。ぼくは牛にゅうがどこに売ってるか、さがしました。すぐに見つかりました。ぼくは、牛にゅうをかごの中に入れました。つぎにパンをさがしました。見つかるのにちょっとかかりました。ぼくはパンをかごに入れました。ぼくはちょっとうろうろしました。買うものを買うところに3人ぐらいならんでいました。ぼくのばんが来ました。ぼくはお母さんにもらった千円を出しました。おつりが三百円になりました。ぼくはセイユーから出ました。ぼくは「ただいま。」といいました。するとお母さんは「おかえり。」といいました。ぼくは、お母さんに「ありがとうね。」とほめられました。ぼくは、気もちがよくなりました。ちょっとあるきました。しんぶんをとって行きました。家につきました。

王さまびっくりをよんで

ぼくは、今日、王さまびっくりをよみました。はじめに、どこかにいるかもしれないし、いないかもしれない、王さまの話です。あさ7時におきて、よる7時にねる王さまの話です。一日三回しょくじをして、そのたびにたまごをたべないと気（機）げんのわるい王さまの話です。しょくじのほかは、ちょっぴりべんきょうしてあとは、たっぷりあそんでいる王さまの話です。とかいてありました。ぼくはどんな王さまかなあと思って、わくわくしました。王さまはたいくつしていたそうです。「なにかびっくりすることは、ないかな。」と王さまは、いいました。そのつぎ王さまは大じんをよんで、こんなことをいいました。「おい大じん、わしをびっくりさせてくれたら、なんでもすきなものをやるぞ。」ぼくは、そんなに、びっくりすることがそんなに楽しいのかなあと思いました。そのあと大じんは、何でおどかしたと思いますか。大じんは、白いシーツをかぶっておばけにばけて、入ってきました。だけど、王さまは、びっくりしません。こんなのぼくだって、びっくりしません。そのあと大じんは、はずかしそうに出ていきました。こんどは、大じんは、何をしておどかすのでしょうか。ぼくまで、わくわくしてきました。こんどは、まどから大じんが、おどかしてきました。おにのかっこをしておどかそうとしました。そして大じんは、「やい王さま手をあげろ。」といって、おどかそうとしました。ぼくもこんなの、ちっともびっくりしませんでした。王さまのおふろに入る時間でした。そのおふろの中に、ビニールのかえるが入ってました。王さまは怒って、おふろに大じんが来ると、そのビニールのかえるを大じんのかおに当てました。とこやさんが王さまのへやに来ました。いねむりをして、大じんのゆめをみて、かたほうのひげを切ってしまいました。

私は自分が小学三年のときに「ユタンポ大とうりょう」という、たぶん生まれて初めての小説を書いたのを思いだした。そのノートはすでに失せてしまったが、同じような内容だった気がする。

詩のほうは、まず「木」という題のものが二篇見つかった。

木

木にもいろいろ
なときがある、
たのしいとき、
かなしいとき
がある。

たのしいときは
はをあまりおとさないで、
かなしいときは
はがいっぱいとれる。
木ってほんとに
ふしぎな
しょくぶつだなぁ。

木

木はかわいそうだな。
木をさわった。
ザラザラしていた。
かれていた。
木のかわがおちた。
はっぱがおちた。
かぜがふいた。
またはっぱがおちた。
やっぱり木は、

かわいそうだな。

たまたまなのかもしれないが、あのころ匠が作った詩には、「かわいそう」とか「かなしい」という言葉がよく使われている。それも自分のことではない。木や草や虫のことを思って言っているのだ。

あさのこと

あさしもばしらを見たよ。
てでさわったらつめたかったよ。
ふもうとおもったよ。
でもかわいそうだからやめたよ。
とてもいいことをしたとおもったよ。

冬

冬はかなしい。
だって、虫だって、
いなくなる。

木だって、はっぱが
なくなっちゃう
草やはなは、
ほとんどが
かれてしまう。
冬って、
ほんとに
かなしいなあ。

ほかにも、おやと眼をみはらされるような詩がいくつかあったが、すべてノートだの原稿用紙だのに書かれたもので、プリントされたものはない。
じつに匠がつくった唯一の俳句が、一冊の本のなかに収録されている。

すごいなあけっこうやるなたいふうは

これが吉本忠之編・炎天寺刊の『俳句の広場'97』中、小学生の部の「入選」のところに、他の同級生数人の作とならんで載っているのだ。匠が小学四年のときのものである。当たり前のことを当たり前に書いているが、それが良い。でも、ここにある「たいふう」は「台風」ではなく、当時の彼には書けなかっただろうが、絶対に「颱風」だと思う。

私はしかし、匠の書いた日記や作文、詩や俳句を、つくられた時点ではなく、彼が急逝したあと、二十年余も経ってから読んでいる。幼い匠が一所懸命、ノートや原稿用紙に向かっていた時間、私はたいていL子のそばにいた。タクラマカン砂漠への調査探検行から帰っても、なおしばし、彼女とは別れられずにいたのだ。

もっとも遠いところにいたときに、匠は父の私にもっとも近い感性をもって、それなりに読むに堪える作品をこしらえていたのである。

それは物理的に遠い距離があった時分のことだが、精神的にも遠かった、すなわち匠が反抗期で、同じ屋根の下にいても、隣接した校舎にいても、ほとんど口をきこうとしなかったころ——その時間にも、彼は私が共感できる作文をたくさん書いていた。

「コーラスライン」を見て

ぼくは、四季劇場へいった。そこでミュージカルを見ました。それは、劇団四季がやる、コーラスラインといいました。ミュージカルのオーディションをそのままミュージカルにするというユニークなアイディアに感心しました。どうすればそのようなアイディアがよく思いつくなあと、とても感心しました。

装置も衣裳も極めてシンプルだけど、そのシンプルさが、かえって昔っぽくて、いい感じがした。主役は、華やかなライトをあびるスターではなく、オーディションを受けようとするコーラスダンサーという。主役がいないことも、ブロードウェイの観客は驚き、そして感動に包まれたというだけはあります。舞台の上で語られる熱いドラマに、感動いたしました。本当に、本当に、感動いたしました。

「ありのままの君達が話す言葉を聞きたい。」と、団長が言う。これは、ダンサーたちにとって思いもよらない質問だったと思う。彼らは、白い線に立ち、ありのままの自分を語りだしました。そして、だれもが本当のことを語り、とてもすばらしいと思った。舞台の上で、ダンサーたちがかがやいているように思えた。

ぼくは、この作品が、とてもとても、すばらしいと思った。


言葉遣いや文体はともかく、感性がするどい。こいつ、やるなぁ、と今ごろになって私は思った。愚かな父である。

オリエンテーションの感想

ぼくは、オリエンテーションがとても楽しかったと思います。なぜなら、先輩たちは優しく指導してくれたので、きちんとゴールできたからです。

でも、やはり、つかれて、

「もうだめだ」

という言葉が頭に浮かんできましたが、そのたびに先輩がはげましてくれて、この言葉が消えました。でも、一番ガーンと来たことがありました。もう大分歩いたから、もうすぐだと思って先輩に聞いたら、まだ3分の1しか歩いてないと言われて、とてもガーンときました。でも、きちんとゴールできて、とてもうれしかったです。来年も、オリエンテーションができると思うと、とてもワクワクします。だって、自然とも親しくなれたし、先輩とも親しくなれたからです。今回のオリエンテーリングは、とても面白かったです。

匠はきっと、同級生はもとより、先輩や後輩とも仲良くしたかったのだ。「ねぇ、ねぇ、ボクのこと、好き?」と保育園の皆に訊ねてまわっていた幼い日の彼を思いだす。その匠が、女子生徒のいるまえで、ズボンばかりかパンツまで脱がされる辱め——苛めに遭おうとは……改めて瞋恚の思いがわいてくる。

「タイタンズを忘れない」を見て

とてもいい青春映画だと思った。はじめはいがみあっていたチームメイトたちが、コーチのおかげで理解しあい、お互いを認めあっていった。これはまあ、青春もののドラマや映画ではよくあるパターンだが、青春ものなど、それでいいんじゃないかと思う。

この映画を見て、偽善とか、よくあるパターンだといって、ひねくれてしまう人がいるかもしれない。だが、それの何が悪いというのだ。では、争い、憎しみあうだけが人間だとでもいうのか。

このような映画とは、人間の本質が、他人を差別したり、争ったり、憎しみあったりすることではなく、お互いを理解しあい、力を貸しあいながら共存していくということを、学習させてくれるものなのである。

ところで、この映画で、白人たちが黒人たちを汚らわしい人種として不当に差別していたが、彼らも僕達も同じ人間である。

一九九五年、沖縄で三人の黒人米兵が、少女を車に強制的に連れ込み暴行した。このことによって、「やはり黒人は野蛮な人種だ。」と黒人に対して悪印象を覚えた人もいるかもしれないが、憎むべきは黒人ではなく、悪意である。人間が皆少なからず持っている悪意なのである。

たいていの人は、胸の中に入っている悪意を、実際にケンカしてみたり人を殺したりして発散するのではなく、間接的に相手に危害を加えることで、少しずつ悪意を燃焼させている。つまり、陰口をたたいたり、グチをこぼしたり、あるいはいやがらせをするなどである。

これは、ある意味、復讐で人を殺した人よりも、重罪といえる。精神的ダメージを与えて人を殺したことを、殺人罪とはいわず、何というのだろうか。やはり人間は、地球上で最もみにくい動物である。

人権に関する作文

人権とは、近年発達してきたもので、これは、圧政あってのものです。ルイ十六世の圧政に堪えかね、民衆達が起こしたフランス革命、アメリカがイギリスから独立する為に起こした独立戦争、イギリスで起こった無血の名誉革命など、これらがなくして、フランス人権宣言、バージニア権利章典などの人権発達の基礎は成り立たなかったわけです。

また他にも、人権の発達の理由をあげるとするならば、それは戦争です。戦争なくして、今日の世界は成り立たず、人権の発達も成り立ちません。まず、第一次世界大戦後は、宣戦布告の無い奇襲攻撃の禁止、偽装兵器の禁止、毒ガスの使用の禁止、民族自決、ワイマール憲法の成立、国際連盟の結成、四ヶ国条約、七ヶ国条約、海軍軍縮条約、女性の参政などか決まってゆきました。このとき、アメリカは大戦で力の弱ったヨーロッパ諸国と、圧倒的に差をつけたモンロー主義のたまものの軍事力と経済力を背景に、どんどん持論を押し通して、イギリスにとって代わって世界のリーダーになったのです。まあ、現代確立している人権は、アメリカのリーダーシップなしではまず成り立ちませんね。

では、何故アメリカでどんどん人権思想が芽生えていったのでしょうか。それは、アメリカの国民性にあるのではないでしょうか。アメリカは、多民族国家です。この、民族が統一していないという点が、アメリカで人権思想が芽生えていったのと、アメリカでは昔から戦前の日本のような愛国精神がない理由です。又、アメリカでの人権思想の確立の大きな一つのきっかけは、南北戦争ですね。これは、初めて黒人の人権を確立させた戦争です。

リンカーンの演説も、人権に関する部分がいくつもあります。「人民の、人民による、人民の為の政治」は有名です。これは、日本国憲法の成立にも大いに貢献しました。前文の、「その権威は国民に由来し、その権力は国民の代表者がこれを行使し、その福利は国民がこれを享受する」は、これを言い変えたものです。

さて、少しアメリカのことを書きすぎたので、ここで日本のことを書こうと思います。

まず、江戸時代は、人権もくそもありませんでした。士農工商の身分制度、武士の町人を切り捨てる権利、凄惨極まる刑罰など、様々な人権を無視した制度がありました。

では、明治ではどうでしょうか。身分解放令で、四民は平等とされたものの、まだ農工商は平民、武士は士族、大名の一族は華族として、事実上、身分による差別は残りました。一夫多妻制も、残りました。しかし、一夫多妻ができたのは、金持ちたちだけで、ほとんどの夫婦は、一夫一妻でした。

それでは、人権迫害の象徴、大日本帝国憲法の話を書こうと思います。この憲法は、上から下に、つまり明治政府から国民にたたきつけられた憲法でした。まず、天皇の権限は、凄まじいものがあり、国民は、天皇の悪口すら口にしてはなりませんでした。そんな事をしたら、大逆罪として憲兵にしょっぴかれ、激しい暴行を受けるのです。そして、国民の権利は、かなり規制されており、さらにどんどん国民の権利を奪う「法律の留保」という制度になっていました。選挙権は、直接国税十五円以上納税している男性のみでした。こうして、薩長は天皇をまつりあげて、藩閥政府を確立されてきました。

では、次に、大正時代のことをお話しいたします。大正時代には、大正デモクラシーといって、大分人権が確立されてきました。それは、第一次世界大戦の大戦景気のおかげです。

最後に昭和の話をすることにいたします。昭和は、まさに戦争の時代でした。まず日本は、日中戦争をおっ始めます。しかし、思うように戦局は進まず、やっとの思いで南京を占領しました。国民党代表の蒋介石は重慶に逃がれ、なお激しく抵抗しました。そこで日本軍は、人権を無視した惨い行いをしました。

南京市民数万人の命を奪った南京事件、朝鮮人女性の強制従軍、中国人の少年や捕虜を使った人体実験、重慶への無差別爆撃などです。また、アメリカ軍も、これを非難しながら、日本本土の無差別空襲、原爆投下など、惨い行いをしました。要するに、戦争は人間の理性を狂わせ、人権を無視した暴力を生みださせる、悲惨なものだということです。

今日、私達が、基本的人権に守られ、平和的かつ牧歌的に暮らしていられるのは、先人達の尊い犠牲があってのものです。それを忘れてはいけません。今、この作文を読み終わった先生は、英霊達に、黙祷を捧げて下さい。


おいおい、担任の先生に何てことを……と思いはしたが、なんだ、匠、おまえ、中学生でそんなことまで考えていたのか。私なりに感心していたとき、

「これも剥がして、棺に入れてあげましょうね」

背後で、ふいに妻の声が聞こえた。

「お気に入りの品物で、燃えるものなら、入れてやって良いって、葬儀社の人が言っていたから……」

振りかえると､匠がこの数年間､ずっと自室の壁に貼っておいたポスターを剥がそうとしている。

「いや、ちょっと待って」

あとで自分が剥がすから、しばらくそのままにしておいて欲しい、と私は妻に頼んだ。

「あ、そう」

うなずいて、妻は夕食の支度のためにキッチンへ向かう。私は一人、匠の部屋に残って、四方の壁を眺めやった。

旧日本軍の軍艦や零戦の絵だの、相撲番付一覧だのといったものもあるが、なかでひときわ大きく目につく二葉の肖像画のポスターがある。

南面の勉強机の側の壁に貼られているのが、新選組の副長だった土方歳三で、洋式の軍服を身につけ、髷《まげ》を剪《き》った、ざんぎり頭の美男子──よく知られた土方晩年の写真である。もう一方はベッドの脇の東側、背景に山岳や瀟洒な御殿などを配し、葵の御紋の垂れ幕の下に座す徳川家康の彩色画。これもまた、有名な狩野探幽《かのうたんゆう》作の『大坂城天守閣』であった。

遺された蔵書からしても、匠が哲学や思想、芸術鑑賞に増して、歴史好きだったことは疑いない。ちょうど匠が生まれたころから、私は歴史時代小説に取り組むようになっていた。そんなこともあって、彼とはしじゅう日本の歴史に関する話をした。

上杉謙信や武田信玄、織田信長に豊臣秀吉、そして徳川家康といった名だたる戦国の武将、幕末の白虎隊や奇兵隊、橋本左内に坂本龍馬、吉田松陰、高杉晋作、西郷隆盛、福沢諭吉……親鸞や行基、空海のことも話したのに、最期のときまで壁に貼られていたポスターが、何故に土方と家康だったのか。私は首をかしげる。

匠の生前には気にもとめず、ただ漫然とやりすごしていた。当人に問うようなこともしなかったのに、亡くなった今になって、気にかかりはじめた。

反抗期を過ぎて、精神科の病院に入院し、退院してからも、匠はしばしば私に逆らい、口論した。歴史や哲学上の事柄を話している最中にもたまに言い争ったが、わけても現実の政治問題で対立することが多かった。けれど本当は、あいかわらずの「ガクしゃん子」だったのか。

匠の数少ない友人の一人だったＳＢ学園大での私の教え子、ネパール人留学生のナビンくんから、こんなふうに聞かされたことがある。

「おやじには言うな、と口止めされてるんですけどね、先生の本はずいぶんと読んだとか……とくに歴史物は、ほとんど読んでるそうですよ」

反抗や抵抗の裏返しか、ただの照れなのか……私自身がそうだったが、父の轍《わだち》を踏むのは嫌なものだ。重いし、辛く苦しい。だから何となく、分かる。私のまえでは絶対に読んでいる素振りは見せずにいたが、私の留守中に本棚から抜きだしたり、図書館で借りたりして、読んでいたらしい。

いずれ土方歳三も徳川家康も、私が歴史小説の主人公にした人物である。そして双方の小説、自分でも相応に気に入っている作品であることは間違いない。

土方歳三のことは、当人がはっきり好きだと言っていたし、こちらは素直にうなずける。ゆかりの場所をともに訪ねたこともあった。

匠がI病院を退院して二、三年したころだから、彼は二十歳《はたち》前後だったろうか。月に二度の通院のほか、適宜、近隣の心理カウンセラーのもとを訪ねたり、精神障害の若者をあつめた各種の施設に行くなどして、いろいろと「社会復帰」を模索していた。

あるとき、たまたま読んでいた新聞記事で、匠は「声楽療法」なるものの存在を知り、みずからネットで調べて、先方と連絡を取った。ベルカント・セラピーとも言い、「姿勢を正して、大きな声で歌曲を朗唱する」ことで、気力を甦らせ、心の病い――鬱や引きこもり、ニートを克服できるというのである。

指導をするのは、けっこう名の知れた声楽家で、信頼は置けそうだった。謝礼の額も法外なものではない。

ただ個人レッスンを受けるのが、茨城県の阿見町《あみまち》にある声楽家の自宅で、狭山からだと相当に遠い。西武新宿線とメトロを使い、東京駅へ。駅前から、つくば行きの遠距離バスに乗りついで、一時間。合わせて二時間以上もかかるのだ。

私と妻はしかし、それほどの遠方であることをむしろ「良し」と見た。

療法そのものに期するというよりも、外を出歩く、それも外にいる時間が長ければ長いほど、家にこもる状態から脱することになる。そうと踏んで、月に一回、

「ぜひとも通いたい」

と言う匠に賛同した。

いちばん最初は、私と妻が二人して付いていき、相手の声楽家に挨拶して、専門的な話を聞いた。二回目からしばらくは私か妻かのどちらかが同行し、やがては匠一人で出かけるようになった。その切り替えの時分のことだ。

ナビンのほかにも、匠が多少なりと心をひらける友人が何人かいた。だいたいが、私が匠とナビンを誘って繰りだす安酒場で知り合った飲み友達だが、なかの一人がミノちゃんだった。

そのころはパートで建築現場の軽作業をしていたが、もとは自衛隊員で、匠が阿見まで行くと聞いて、

「へぇ、阿見か。世界一大きな牛久《うしく》の大仏や霞ヶ浦……特攻隊の予科連平和記念館のあるところじゃないの」

それなら自分も行ってみたい、と言う。

「何なら、おれが自分のポンコツ車、転がしていくさ」

話はすぐにまとまった。狭山から高速道路を飛ばしていけば、阿見には一時間半ほどで着くとのこと。匠のレッスンに時間を割いたとしても、半日あれば、牛久へも霞ヶ浦へも行くことが出来る。さらに、である。

「ついでのついでに、もうちょい南下して、新選組の最後の本陣があった千葉の流山《ながれやま》まで足を伸ばそうじゃないの」

と、私が言いだし、二人が同意して、流山に立ち寄ることになった。


当日、すべては予定どおりに進んだ。

ナビンはもともと用があって、来なかったが、朝の八時に狭山市の駅前でミノちゃんと落ち合い、彼の運手する軽自動車の後部座席に匠と私が乗りこんだ。

国道十六号線から川越インターチェンジで関越自動車道へ。大泉ジャンクションで東京外環道、三郷《みさと》で常磐道にはいり、桜土浦《さくらつちうら》のインターチェンジで一般道に下りる。そこはもう阿見町の一角で、十時前には声楽療法の先生宅に着いた。

あらかじめ連絡はついていたから、匠一人が九十分ほどのレッスンを受けるべく残り、私とミノちゃんは近所のファミレスでコーヒーを飲むなどして待った。正午前にはふたたび匠をくわえ、同じ阿見町の牛久大仏へと向かう。

牛久大仏は正式には「牛久阿弥陀《あみだ》大仏」と言って、一九八九年、浄土真宗の東本願寺派によって建てられた。像の高さ百メートル、台座が二十メートルで、合わせて百二十メートル——ブロンズの立像としては世界一で、立像全体としても世界で四番目の高さを誇るという。なるほど、下から仰ぎ見ると、天まで届くかというほどの迫力で、私たち三人、唖然とするばかりだった。

大仏の体内にははいることも可能で、エレベーターで八十五メートル高の胸部へと達し、四方八方に穿たれた小窓から周囲の景色を一望できる。

相応に観光客気分を満喫してから、こんどは南東方向へと進路を取る。めざすは霞ヶ浦の西岸にある「予科練平和記念館」だ。ここも阿見町の東の外れに位置していて、車だと牛久から半時間とかからない。

館内は隊員の制服「七つぼたん」にちなんだとかで、入隊、訓練、心情、飛翔、交流、窮迫、特攻の七つのコーナーに分かれている。私たちは順に見てまわった。

土浦海軍航空隊に入隊し、猛特訓がはじまってからも、だいぶ長いあいだ、予科練習兵は肝心の飛行機に乗れなかったらしい。「飛翔」——予科ではなくなり、飛行練習生になって、ようやく空を飛ぶことが出来たのだ。

だが戦局の悪化につれて、事態は悲惨な色合いをおびる。

最後の「特攻」にいたっては、「戦時下の悲劇」との副題まで付けつけられている。爆弾を抱えて体当たり攻撃した特攻兵のほとんどが絶命、一万数千名にも上り、帝国海軍の全戦死者の、じつに七割にあたるという。

フロア内には、特攻兵が両親や家族、恋人らに送った手紙や写真などが展示され、見る者の感性によっては、ひどく胸を打たれる。

中学時代に書いたらしい「人権論」は、妙に大人びていて、ちょっと冷静に過ぎるとすら思われる。その匠が高校を中途でやめてしばらくは、軍歌ばかり唄っていて、カラオケでの十八番《おはこ》は予科練を賛美した『荒鷲の歌』だった。いま、こういうものを眼にして、いったい何を、どう感じているのだろう……振りかえり、ちらと眼をやると、匠は真剣な顔つきで、一つ一つの遺品類を見すえている。

たしかに太平洋戦争の評価などに関し、匠と私とでは、部分的に意見を異にすることもあった。彼はしかし、さきの人権について書いた作文でも分かるとおり、好戦的であったのでも、思想的に右傾化していたのでもないと思う。

彼は、ただ「力」に弱かった。力に憧れる一方で、力に反撥し、ときに嫌悪する。

たいようとかげ

たいようはつよいなあ
だってものすごく火をだして
ちきゅうまでとおいのに
ねつがとどく。
それにくらべて、
かげは、よわい。
つよいたいようが

くるとすぐもの
のうしろにかく
れてしまう。
ほんとに、
たいようはつよいなあ。

小学一年のときに、匠はこんな詩を書いていたりもした。が、二十歳近くになって軍歌に凝っていたころには、また別の思いがあったのではないか。本人は気づいていなかったのかもしれない。けれど、中二のときの苛めの記憶……あれが心理上の抑圧——トラウマになっていたのではなかろうか。

私は訊かないし、匠のほうでも語ろうとはしない。ただ、土方だけは別だ。新選組と土方歳三は、匠と私をむすびつける大きな存在だった。すでに何度も語り合ってきている。

特攻隊と土方歳三。通底するものは、ある。

最終的に負ける、つまり、ついには一個の生命を失うことになっても、戦う。負けても負けても、戦いつづける、その姿勢だ。

私が小説に描いたのも、そういう土方だった。

彼については多摩の剣道場や牛込の試衛館《しえいかん》時代、そして京都に上ってからの池田屋事変や芹沢《せりざわ》鴨、山南《やまなみ》敬助、伊東甲子太郎《かしたろう》らとの対立、新選組の副長として鬼のごとくに恐れられたことなどが周知だが、鳥羽伏見で旧幕府軍の一指揮官として戦い、敗北。江戸に立ち帰ってからのことは存外、知られていない。

他の旧幕軍の諸隊と同様、しばし新選組は逼塞《ひっそく》していたが、ひとたびは奮起して近藤勇や土方の故郷、多摩の義勇兵とともに「甲陽鎮撫隊《こうようちんぶたい》」を名乗り、甲州へと遠征する。だが、目的地の甲府にたどり着くまえに、勝沼付近で待ち伏せしていた板垣退助指揮下の新政府軍と激突。敗退したうえに、永倉新八や原田左之助ら主要な隊士が離反してしまう。

それでも土方は近藤から離れず、新たに残兵をあつめて、新選組を復活させる。このとき、拠点としたのが今の千葉県北部、下総《しもうさ》流山だったのである。


ミノちゃんと匠、私の三人は霞ヶ浦からいったん桜土浦のインターチェンジに戻り、常磐自動車道を走って流山のインターチェンジへ。そこから市街地にはいって、再生新選組の本陣跡に着いた。

途中、ドライブインで昼食をとったりしていたから、もう午後の四時近くになっていた。

付近は昔ながらの民家や店舗、それと高層マンションなどが混じりあっている。どこにでもあるようなベッドタウンだ。

近藤や土方らが拠点とした味噌醸造元の長岡屋は、古い家並みのつづく商店街を抜けて、少し行ったあたりにあった。

常与寺《じょうよじ》なる寺の墓地があり、真向かいに苔生したような土蔵が建っていて、そこが長岡屋の跡だった。

今は秋元酒造の持ち物になっているが、土蔵の手前に褐色の自然石に填めこまれる格好で「近藤勇陣屋跡」と刻まれた黒大理石の碑がある。かたわらに二段式の硝子ケースが据えられていて、近藤勇の肖像画や墓の写真、書簡のコピーなどが飾られていた。

「なんだ、埼玉の狭山から、はるばる茨城を越えて、やって来たっていうのに、残ってるのは、これっぽっちか」

ミノちゃんがぼやいたが、ここは私と匠が、土方のその後の足跡《そくせき》をたどり、偲ぶためには、とても重要な場所だった。

「この陣屋で、近藤勇は捕まったんだ」

と、私はミノちゃんに言った。新政府の軍勢に包囲されてしまい、脱けだす術《すべ》はない。

「近藤は潔く割腹して果てようとしたんだけど、それを土方が止めたのさ」

表向きはなおも新選組ではなく「鎮撫隊」を名乗り、近藤も土方も変名をもちいていた。ために、巧くすれば事情聴取のみですむ。土方は近藤を説得し、おとなしく新政府征討軍の総督府に出頭するよう勧めた。

「そうすれば近藤も助かるかもしれないし、残った隊士たちも逃げられる……部下思いの近藤は、これを受けいれたんだ」

「でも結局は正体がばれて、処刑されちまう」

と、匠が言い添える。それも武士の誉れたる切腹ではなく、板橋の刑場で首を刎ねられたのである。

「そのことが土方さんには、もの凄いプレッシャー、重荷になったんだよね」

思えば、このころもう、匠は土方を「さん」付けで呼んでいたのだ。

それからの話は流山からの帰路、ミノちゃんの車に乗って常磐道、東京外環道、関越道と進んでいくなかで、かわされた。匠と私がおもに喋り、ミノちゃんがハンドルを握りながら、耳を傾けるという格好だった。

「近藤が処刑されたころ、土方は生き残った島田魁《さきがけ》たちを引き連れて、宇都宮へ向かっていたんだ」

「このときは土方さん、大鳥圭介なんかと一緒だったんだよね」

旧幕府の歩兵奉行だった大鳥圭介が、フランス式訓練を受けた「伝習隊」をひきいて下総市川の国府台《こうのだい》に到着。そこへ土方に託された新選組をはじめ、二千人もの旧幕兵が集結する。そして大鳥が全軍の総督、土方は参謀にえらばれ、北関東の要衝・宇都宮城をめざすのだ。

「それまでは、あくまでも近藤を立てて自分はサブにまわっていた土方だけど、その采配ぶりは大鳥も眼をみはるほど、見事だったそうだよ」

土方が指揮をとった先鋒の桑名隊は、大鳥らの本隊が駆けつけるまえに宇都宮城を陥落させる。が、わずか三日後には援兵を得て大軍となった新政府軍に城を奪還され、その防戦中に、土方は敵の流弾を受けて足指を負傷。歩行不能に陥り、会津若松へと護送されることとなる。

「土方にとっては、辛い毎日だったろうね。近藤斬首の報は届くし、まもなく会津での戦いがはじまろうというのに、自分はあてがわれた宿の一室で寝ていなければならない」

「土方さんはむざむざ近藤局長を敵の手に渡すようなことになって、とても後悔してたみたいだからね。自分が戦って、敵を打ち破ることしか、局長に謝るみちはないって思ってたわけでしょ」

「分かるなぁ、分かるような気がしますよ、そんときの土方の気持ち」

かすかに顔を後ろに向けるようにしながら、ミノちゃんが言う。彼はたしか北海道の出身で、函館の自衛隊の基地にいたのだが、四、五年前、訓練中に大怪我をして隊を辞めたと聞いている。

「土方が療養中、新選組の采配は斎藤一《はじめ》に任されていたんだけど、やがては全快して土方も前線に復帰する……しかし多勢に無勢でね、どうにもならない」

敗色濃い会津の地を去り、庄内を経て仙台へ。そこで土方は旧幕府海軍の艦隊を統《す》べる榎本武揚と合流。新選組の島田魁らとともども、蝦夷《えぞ》（北海道）の地へと向かう。

「土方さんが本当の鬼になったのは、そこからだよね」

けだし。蝦夷地での土方歳三は文字どおりの「鬼神」と化した。向かうところ敵なしの勢いで勝利を重ね、旧幕府軍が箱館（函館）に共和国政府を樹立する立役者となる。その「箱館政府」では、民主的な入れ札（投票）によって榎本は総裁となり、大鳥は陸軍奉行に、土方は陸軍奉行並に選出される。

だが、その日本初の共和国政府も半年余しか保《も》たなかった。

明治二（一八六九）年五月十一日。圧倒的に大きな兵力をもった新政府征討軍の「箱館総攻撃」が決行され、激戦のさなか、土方が部下の相馬主計《かずえ》にゆだねた新選組が弁天台場で孤立してしまう。

それを救うべく、土方は箱館政府の本営が置かれた五稜郭を出て、単騎、一本木関門へといそぐ。その関門の近くで腹部に敵の銃弾を受けて、倒れる。ほとんど即死だったという。

「三十五歳、二つ年上の近藤勇と同じ享年だったようだけど、たぶん土方は、はなから死ぬ気でいたんだ。もともと勝算があって、戦ってきたわけじゃないしね。自分の死に場所として格好の舞台だと考えたんだろうよ」

少し沈黙があって、

「早き瀬に、力足らぬや、下り鮎」

土方の遺した一句を、匠がぼそりと呟く。

しばらくまた、皆が黙った。が、やがて、運転席のミノちゃんがハンドル脇のナビゲーターを見て、口をひらいた。

「引きかえそうと思えば、引きかえせるなぁ」

「えっ、どういうこと?」

「常磐道に戻って、土方が最初に勝利した宇都宮まで行きましょうか」

「バカ言うなよ」

根が一本気のミノちゃんのことだ。放っておいたら、宇都宮どころか、会津、いや函館へまでも行こう、と言いだしかねない。

「ミノちゃん、あんた、自衛隊やめて良かったよ」

「また、何でですか」

「とんでもないことをやりかねなかったもの……隊の兵器庫から地雷を持ちだして、ぶっ飛ばすとかさ」

皆して笑った。けれど、一緒になって頬をゆるめながらも、匠はなお何かを真剣に考えているようだった。

土方歳三への匠の思い入れの強さは納得できる。だが、徳川家康に対しては、どうだったのだろう。

憶えているのは、五、六年ほどもまえか。深夜、他の家族が皆、寝についたころ、リビングでのことだったと思う。二人して食卓をはさみ、缶ビールを片手に飲んでいたとき、何かの拍子で話題が戦国時代のことになり、

「匠、おまえ、信長と秀吉、家康の三人のなかでは、誰が好きなんだ?」

私が訊いた。

「たぶん、織田信長だろう……おれも若いころは、そうだったよ」

匠はちょっと首をかしげたが、

「まぁ、信長、かな」

「おれはさ、あることを知ってから、変わったんだ」

家康贔屓《びいき》になった、と告げてから、あとはほとんど一方的に私が話した。

「もしや、おまえも聞いたことがあるかもしれないけど、信長は家康に、実の子を殺せと命じてるんだ」

「…………」

この一件の端緒は、まだ家康が信長と同盟を組んでまもない永禄十（一五六七）年五月、当時、竹千代と呼ばれていた彼の嫡男の信康が信長の娘、徳姫と祝言をあげたことにある。どちらもまだ九歳、と形ばかりの夫婦《めおと》であった。

徳姫は父の信長に似たのか、負けん気の強い少女だったが、色白で、すこぶる器量が良い。信康は何よりも、その容貌に惹かれたようだ。夫婦仲は円満で、閨房《ねや》をともにするようになってす

ぐに、一人目の娘が生まれ、ついで次女をさずかった。

これで当面、織田家との絆は深まろう、と家康も安堵する。

「だがな、大きな禍のたねが一つ、あったんだ」

それは家康の正室だった築山殿《つきやまどの》と徳姫との間の確執である。

「ほら、桶狭間で急襲して、信長は今川義元を討ちとっているだろう。築山殿は、その義元の姪だからな、仲良くなれるはずもない」

当の信康のなかにも、今川の血が流れている。徳姫と築山殿。いわば「仇同士」が同じ岡崎の城中で暮らしていたのだ。そのことからして、すでに尋常ではない。

「徳姫の少女時代にも、築山殿が折檻《せっかん》しただの、築山は信長と家康の諱《いみな》を一字ずつ取った名が気に入らないと言って、信康の元服の式に顔を出さなかっただの、いろいろと噂が立ったらしい」

徳姫と築山殿との葛藤が最大限に高まったのは、徳姫が二人目の娘を産んでまもないころのことだという。

「何で跡つぎとなる男児を産めぬのか、と築山が罵ったそうな」

それだけですんでいたなら、まだしもだった。築山は信康に、男児を得るべく側女《そばめ》をもつように勧め、よりによって武田の家人の娘をあてがったというのだ。

「普通に考えれば、そいつはおかしい……信康は立派な武将になって、おやじの家康と一緒に、武田勢と戦っている最中だったんだからな」

信康は十二歳で元服し、十五歳で初陣した。そのときは信玄亡きあとの武田勝頼勢が相手だったが、信康の働きぶりはめざましく、一軍をひきいて武田方の足助《あすけ》と武節《ぶせつ》の両城を落とした。

武田勢が大挙して遠江《とおとうみ》の小山城に侵攻したおりにも、信康はおおいに活躍する。

「このままでは不利と見た家康は、退却を決めたんだ。けれど退却戦は難しい」

わけても殿《しんがり》をつとめるのは困難をきわめる。

「その殿役を進んで申しでて、信康は無事に徳川の全軍を退かせた……若輩ながら、類まれなる戦《いくさ》巧者だったのさ」

家康にとっては、先行きが楽しみだったろう。が、そのころから信長の嫡子・信忠と比較されるようになり、信長の不興を買った、との話もある。

織田・徳川の連合軍と武田軍とが激突し、雌雄を決したといわれる長篠合戦。それにも信康はくわわっていたが、武田方と内通しているという悪しき噂が、信康の足を曳っぱった。

信康は荒れ、いたずらに里の衆を打擲《ちょうちゃく》したとか、盲目の法師を射殺したといった風聞が、まことしやかに囁かれるようになった。

「いちばんにまずかったのは、噂を信じて自分をいさめた徳姫つきの老女の腕を摑んで、捩じ折ったことだな」

それじたいが本当のことか否かは分からない。しかし、おのれの侍女を傷つけられた徳姫が怒りにかられ、信康の狼藉ぶりを十二の条項に分けて書状にし、父・信長にあてて送った。

「そこには老女への乱暴の事実ばかりか、武田に縁ある女人を側女としていること、築山殿と唐人医師の不届きな関係……その医師を介して、母子が勝頼と通じている、といったことまで書かれていたというのさ」

天正七年の七月、信康が弱冠二十一歳のときだった。

「すみやかに信康を弑《しい》せよ、と信長が家康に言ってきたんだ」

徳姫からの文《ふみ》を読んで、一応は信長も真相を確かめようとした。さっそく家康は酒井忠次と奥平信昌の二人の重臣を信長のもとにやったが、二人は弁明するどころか、いちいち徳姫の言い様をみとめてしまった。

「よほどに信長が怖かったのか、あるいはお家大事で凝りかたまっていたんだろうな」

家康の心は揺れた。自分にとって、もっとも大事な嫡男を、それも将来を嘱望される若武者を、何故、おのれの手で処断せねばならぬのか。

だが八月にはいるや、家康は岡崎城で信康と会い、衣浦《きぬうら》の海湾にのぞむ大浜城へ行くよう命じた。そこに数日留めおかれたのち、信康は浜名湖の畔に建つ堀江城を経て、二俣《ふたまた》の城へと護送される。

「……父親から、住み慣れた城を出よ、と言われた時点で、信康は覚悟を決めたみたいだね」

信康が自刃《じじん》する以前に、築山殿は騙し討ちのような格好で家康の手の者により、斬り殺されている。

信康幽閉の報を受けて、彼女はわが子の助命を嘆願しようと家康への面会を申しでた。家康は承諾し、部下の野中重政らの一行を迎えに行かせた。野中に命じたのは「闇討ち」だが、女人ゆえに逃し、尼とすることも出来る。そう言いふくめておいたにも拘わらず、野中らは主命にしたがった。

岡崎の城を出て、浜名湖を渡り、舟から輿《こし》に乗りかえたとたん、その輿を槍で突かれ、身に刃を受けたのち、斬首されたのである。

「それから半月後に、いよいよ信康は二俣城で切腹したんだが、そのときも一騒動あったという」

さきに介錯役を担わされた渋河四郎右衛門が直前になって乱心し、ぶるぶる身体を震わせて、手にした刀を取り落とした、かわって服部半蔵が介錯することになったが、その半蔵も、いざ刀を掲げるや、臆して気を失ってしまった。

三人目の天方通綱《あまかたみちつな》がようやく任務をまっとうしたのだが、事がすむと、彼は剃髪《ていはつ》して僧となり、高野山にはいってしまったのである。

「それくらい、徳川家の者たちは誰も動揺し、沈痛な思いでいたんだよな……信康自身は、まるで躊躇《ためら》わず、潔く腹を掻き切って果てたそうだけど」

そこまで話して、私はいったん口を閉ざした。比叡山の門徒皆殺しや伊勢長島の一向宗徒壊滅もゆるしがたいが、こういう信長の残忍さが、自分はいちばん嫌いだ……結論として、そんなことを言いたかったのだが、匠はといえば、無表情のままに、

「家康か。あの狸おやじも、そういうひどい目にあってるのか。人の一生は、重い荷を負うて遠き道を行くがごとし……さぞや辛かったろうね」

そう言って、話を切りあげ、自室へ向かってしまったのだった。


匠の葬儀は、ごく身近な家族のみがつどって、つましやかにおこなわれた。私と妻に長男夫婦、生後五ヵ月のその娘、私の姉夫婦に妻の弟妹、それに長男の義母の、合わせて十名である。

ちょうど新盆の入りに当たる七月十三日の午前十一時、場所は私がさきに歩きまわった徳林寺《とくりんじ》の不動堂——Y葬儀社によって特設された葬儀場で、導師はこれも予定どおり、徳林寺の副住職

がつとめてくれることになった。

参列者一同、棺の置かれた祭壇前に座すと、副住職が皆に黙礼してから、祭壇側に向き直り、焼香そして数珠を取っての読経をはじめる。低いが、よく響く美声だ。

いくつめかに私も知る「般若心経」が読まれた。

「仏説摩訶般若波羅蜜多心経観自在菩薩行深般若波羅蜜多時照見五蘊皆空度一切苦厄舎利子色不異空空不異色色即是空空即是色受想行識亦復如是……」

傾聴しているうちに、その読経の声がしだいに独特のリズムを伴って、匠が弾くピアノの音のように聞こえてくる。曲目はミスターチルドレンの『放たれる』だ。

そのうちにミスチルに合わせた匠の歌声までが、耳裏に響きはじめた。理由は分かっている。

昨夜、ノートや書籍類の整理のあと、私は匠の遺したビデオやCDを片付けにかかった。さすがに棺には入れられないから、不要と思われるビデオなどはおおかた処分したが、三十枚近くあるCDのほとんどすべてがミスターチルドレンの曲だったのだ。

もともとは、長男が好きなグループだったような覚えがある。が、いつのまにか匠の趣味は、軍歌からミスチルへと変わっていた。私にとっては好ましいことだったが、なかでも再入院のまえにくりかえし自室でCDを掛け、みずからピアノで弾いていた曲が『放たれる』だったのである。そのピアノの音を録音して、フェイスブックだかユーチューブだかに投稿した形跡もあった。

褐色系でサイケ調のCDカバーから抜きだして、私はそのとき、小型のプレーヤーに入れ、ミスチルの歌声に耳をそばだててみたのだった。

〽閉じ込められてた気持ちが
今静かに放たれていく
重たく冷たい扉を開けて
微かな光を感じる……

遥か遠い記憶の中で
あなたは手を広げ
抱きしめてくれた
まるで大きなものに守られている
そんな安らぎを感じる
今でも……

『般若心経』を読む僧侶の声がいま、『放たれる』を唄う匠の声に、そしてついにはミスチルのボーカリスト、桜井和寿の声に重なった。

〽もう二度とその温もりに
その優しさに触れないとしても
いつまでも消えない愛が
ひとつあるの

それで強くなれる
だからもう恐れることは何もないの
心は空に
今そっと放たれる

そうだった。イカロスは飛ぶまえに迷宮――ラビュリンスに閉じこめられた。拘束されていたのだ。そんなに放たれたかったのか、匠よ、おまえ。

「おれ、退院したら、一人で函館へ行くんだ」

ふいに歌声が、いや、導師の僧の読経の声が止まり、匠の言葉が聞こえた。

「土方さんが待っている。早く独立して函館に来いってさ、呼んでるんだ、おれをね」

あれは川越のO病院に再入院し、監禁・拘束に苦しんでいたころだった。面会に行くたびに、私の耳もとで、匠はそう言っていたのだ。

読経が終わり、一同の焼香もすんで、その土方歳三のポスターやら何やらを匠の棺に入れてやるときが来た。

Y葬儀社の担当の指示で開けられた棺のなかの匠の顔は、きれいに化粧をほどこされ、安らかで、微笑んでいるかのように見えた。杏林病院の救急救命センターで眼にした顔とは、まるで違っている。

妻が別れの言葉を告げながら、燃やすことの出来る衣類や身のまわり品を匠の遺体の脇に置き、代わって私が、いくつかのポスターや書類を添えた。

「匠、おまえ、知ってるか、土方はさ、死ぬ覚悟を決めて一本木へと向かう途中、大野なる村里に立ち寄って、そこの農民に借りた米や味噌の代金を支払い、彼らを戦《いく》さに巻きこんだことを詫びてまわっているんだ」

いつだったか、私は彼に、そんな話をしたことがある。土方は多摩の農民出身だから、そういう気持ちになったのかもしれない。

「でも家康もな、けっこう心優しいところがある……信長は自分に逆らった者、敵対した者は一人残らず殺しただろう。それを家康はしなかった。殺せという信長の命にしたがう振りをして、敵方の多くを生かしたのさ」

生かして、おのれの部下にする、徳川方に組み入れたのである。わけても武田信玄を師と仰ぐ家康は、降参した武田の残党を麾下《きか》に置き、彼らから信玄流の兵法や智恵・知識を学ぼうとした。

「関ヶ原にしても、そうだ。下野《しもつけ》の小山で石田三成方と戦おうと決め、江戸に戻ってから一ヵ月、家康は動かない……何をしていたと思う？」

「………」

「その間ずっと城にこもって、あちこちの武将に文を、手紙を書いて、味方につけようとしていたのさ」

天下分け目の決戦といわれるが、戦さそのものは三ツ刻、六時間ほどで終わらせている。

「おれの贔屓目もあるだろうけどな、貧しい雑兵《ぞうひょう》や付近の農民たちのことを慮ってのことだと思う。戦さが長引けば長引くほど、彼らの難儀は増すんだからな」

その家康は、信長の死後も豊臣秀吉との駆引きや妥協、臣従といった苦労は重ねるものの、明智光秀の起こした「本能寺の変」によって、とりあえず信長の重圧からは放たれる。土方もまた、さんざん敵を打ち破った挙げ句、一本木関門で戦死することで、局長・近藤勇を新政府に渡してしまったという負い目から解き放たれるのである。

一同して棺に花を入れ、目釘を打って出棺の準備が整ったところで、喪主である私の挨拶となった。

「わたくしは少々世間とずれた物書きですのでね、普通の挨拶はしませんよ」

葬儀社の担当に耳打ちし、承諾を得てから、私ははじめた。

「今日は匠のお葬式ではありません。匠は土方歳三や坂本龍馬、橋本左内なぞ、早世した人物が好きでした。そして、自分も早くに逝ってしまった。逆縁……親よりさきに亡くなるなんて、親不孝の最たるものだとも言えますが、べつの見方もできます」

ここで一区切りおいて、小さく息を吐いた。

「そう、これは葬式なぞではなく、匠の出陣式なのです。独立式と呼んでも良いでしょう。匠はここ数年、何とか仕事を見つけて、親もとから離れたい、独立したい、自立したい、と望んでいたようですから」

もしやO病院ばかりではなく、私や妻も知らず知らずのうちに、匠のことを拘束していたのかもしれない。

「そう。ですから、今こそ、空に放ってあげましょう。匠は放たれて、飛翔する。本当の自分に還《かえ》り、自分の行きたいところへ自由に飛び翔けてゆくのです」

異例のことでしょうが、ここは皆さん、拍手で匠を見送っていただきたい、と告げたところで、言葉がとぎれた。

　長男が最初に拍手をし、私の姉、義弟……いちばん近しい妻や義妹も手を叩いて、匠の棺を見送ることとなった。


　その夜。私と妻と義妹、そして妻子をさきに自宅に帰した長男の四人が残って、身内だけの精進落《しょうじん》としとでもいおうか、駅前の和風レストランで食事をすることにした。そこで話題に上ったのは、「ふしぎなことが重なるよな」ということだった。

「……いかにも匠らしいわ」

　これは長男の言葉だが、その店のメニューのなかに、「特別限定酒」として『匠のこころ』というのがあるのを、私が見つけたことに発している。石川県白山《はくさん》市の「手取川《てどりがわ》」という銘酒、その純米大吟醸に付けている名前で、匠とは酒造り＝杜氏《とうじ》の「巨匠」といったことだろうから、考えてみれば、さしてふしぎなことではない。

「だけど、そもそも、どこより近くて便の良い葬儀場が、匠が昔、通っていたお寺にあったということじたいが、驚きよね」

　義妹が言い、妻がつづける。

「お棺が運ばれていって、荼毘《だび》に付された飯能《はんのう》の霊場……あそこらへんも、匠のお気に入りの場所だったのよ」

　私は黙っていたが、彼女の言うとおりだった。

　何年ぐらいまえからか、これも多少は私の影響があるのだろう。匠はよく一人で近辺の山歩きをするようになった。それも、この点は私とは違うが、同じ山にくりかえし登る。天覧山や多峯《とうの》主山《すやま》、顔振峠《かあぶりとうげ》、それらの山々が霊場のすぐ背後にそびえていたのである。

長男は今夜中に、都内の江戸川の自宅まで帰らなければならない。そういうこともあって、小一時間でレストランでの会食は切りあげ、私はわが家の自室で改めて独酌した。

妻はほとんど下戸《げこ》で、よほどのことがなければ家では飲まない。

缶ビールを二本ほど空けてから、トイレに立とうと部屋を出ると、玄関の明かりに映えて、開け放した隣室の内部が仄見えた。匠の部屋だったが、主のない今は閑散としている。四面に貼っていたポスターも消えて、どうにも殺風景だ。

薄闇に眼を凝らしていて、ふと気づいた。なんだ、匠、ガクしゃん子のバカヤロー。おまえは敵の銃弾を受けて格好良く若死にした土方で、おれは狸おやじの家康かよ。おまえの死……逆縁という重い荷を負うて。

「そうだな、たぶん、まだ遠く長い道を行くよ」

呟いたとたんに、今日一日、ずっと堪えていた涙が出た。

第四章　迷宮――ラビュリンス

K先生。

匠の葬儀、昨日、無事に済みました。いろいろ迷いましたが、結局は仏式の家族葬にいたしました。でも先生にもお話ししましたように、わたくしには息子の葬送の儀式ではなく、独立・自立――出陣式だったように思われます。喪主の挨拶でも参列者の皆さまに、そんなふうに語らせていただきました。

つまりは、もう匠はわたくしたち家族のもとを離れ、ひとり遠くへ旅立っていったはずなのです。にも拘わらず、本心を言えば、いまだに彼はわたくしたちのそばにいて、なおもともに悩み、苦しみ、足掻き、泣き笑いしているような気がしてなりません。

六日前の早朝の、M精神科病院の看護師長さんからの緊急電話。自分の携帯に受けた妻が伝えました。

「匠が睡眠中に突然、心肺停止の状態に陥って、近くの救急救命センターへ運ばれたそうよ」

わたくしたちはいそぎ、救急センターへ駆けつけたのですが、そのまま匠の心臓が動きだすことはなかったのです。

これまでの七十年のわたくしの人生で、いちばんに衝撃的な出来事でした。けれど今も、信じられない思いでいるのです。
ここで先生、わたくしの拙い詩を一篇、読みますので、聞いてやって下さい。

息子へ

「もうあんな学校へは行きたくない」
きみが言ったとき
世のあまたの愚かな親たちと同じように
父もまた
まさかと耳を疑い
ひひの顔をして
だからきみは遠くを見つめ
イカロスの悲劇
を語ってきかせた
そしてこれも世のあまたの愚かな親たちと同じように
父はうろたえ
ほんの小さないじめの綻びが
大きな噴火口をこしらえたとの

きみの言い分をみとめて
それから
きみは長い年月
蝸牛《かたつむり》の真似をして
固い殻のなかで
ひたすらに
悲しいセレナーデを唄いつづけた

そのセレナーデが
突如
軍歌に変わったのは
いつのころからだったのか
ジョシュージョシューと軍馬は……
きみの殻のなかは
勇ましくも虚ろな
ますらおびとの彩りに塗《まみ》れ
そんなにも自分を鼓舞したかったのか
「おれをこんなにしやがって、おやじのせいだ」
「あいつめ、こんどこそ本当に殺してやるからな」

殺伐とした声が口をついて
断ち切れた心の回路がつかめない
きみの迷路が分からない
ひとつ
分かることがあるとすれば
ずっと昔のボタンのかけ違い
かけ違えたままに
知らぬ顔をしていたのは
明らかに父の罪だ

高校もやめて
せっかく受かった大学にも行かず
だからこその苛立ちのなかで
きみはただ
誰もがすでに忘れている軍歌を唄いつづける
父はでも思いだす
きみがどんなに
生きとし生けるものに対して
他人に対して

いやこの父に対して優しかったかを
いつだったか世界で二番目に大きく
一度はいったら出られないという意味をもつ中国の西域
タクラマカンの砂漠に旅立ったとき
本当はあのとき
父は現し世《うつよ》とは違うもう一つの別の界《くに》を見ていたのだけれど
「ガクしゃん
砂漠になんか行かないでよ
行ったら死んじゃうよぉ」
当時五つのきみの言葉に少しずつ
少しずつ
砂と塵とが
つみ重なって
あれから
もう十三年
きみはいまどこを向いているの
見つめているの？
五つのきみには
もう会えないけれど

父の眼はいつもきみに
大丈夫さいつも
きみに注がれています

匠が十八歳のときに書いたものですから、ちょうど最初の発病で、近くのI精神科病院に入院した前後のころでしょう。

彼は中高一貫の進学校、地元狭山市内のSB学園大学附属校に通っていましたが、中学時代に受けた苛《いじ》めがあとを引いていたのか、高一の秋に突然、「学校をやめたい」と言いだしたのです。

わたくしは当時、他の大学や専門学校の講師と掛け持ちで、SB学園大学でも客員教授として、教壇に立っていました。だからというわけではありません。けれど妻とともに、何とか匠を説得して通学をつづけさせようとしました。が、匠の意思は強く、太陽に向かって飛び、墜落したイカロスの話をもちだされて、わたくしたちは彼の退学をみとめました。

それからの匠は長いこと、家のなかに引きこもってしまい、ほとんど外出しようとはしませんでした。

そんな彼が大学検定試験を通り、さらに拓殖大学に合格したときには、まさに暁光、一すじの光が当人にも、わが家全体にも差しこんだかに見えたものです。でもそれは、瞬時に消える帚星のようなものでした。

これはあくまでも、わたくしの憶測ですが、希望していた大学に受かった、ぜひとも行きたい、だけど、そいつが叶わない……他人、とりわけて同じ年ごろの人たちと接するのが怖い。その「対人恐怖」が、またも彼の入学と通学願望を押しつぶしてしまったようです。

匠は引きこもりをつづけ、挙げ句は意味不明の言葉を叫んでは家のなかの壁や障子、トイレのドアを壊すなどの乱暴な振る舞いをするようになりました。

結果、仕方なく同じ狭山市内にあり、隣の入曽が最寄り駅のI精神科病院に入院させたのです。それが二〇〇五年の五月末のことで、比較的快復は早く、三ヵ月後の八月下旬には退院に漕ぎつけました。

このあたりまでは、わたくしも匠本人も、けっこう詳しく先生にお話ししましたよね。しかし、そのあとのさらなる十三年間――この春、三十歳で再発し、別の病院に入院していたのを、先生のアドバイスを得て三鷹のM病院に転院する――それまでの間のことは、あまり話していなかったように思います。

ふいと断ち切れたり、繋がったりする「心の回路」。イカロスは巧く羽根を付けて飛び立ったものの、太陽に近づき過ぎて、羽根を付けた蠟が溶け、海に墜落してしまうわけですが、飛翔するまえに父のダイダロスとともに迷宮――ラビュリンスに閉じこめられていた、といいます。

もしかしたら、正気と狂気のはざまを往き来していた十三年間、匠とその「愚かな父」は、イカロスと脱出用の羽根を発明したダイダロスの父子と同じように、迷宮をさまよっていたのかもしれません。少なくとも、わたくしたちは出口無しとでも言いましょうか、ほとんどまるで目的地の見えない旅をしていたような気がします。

そういえば一つ、思いだされることがあります。

匠がわたくしをまだ「ガクしゃん」と呼んでいたころ、保育園児だったたか、幼稚園の年少さんだったか、そんな時分のことです。

ちょうど狭山市で年間最大のイベント「七夕祭」が催されていました。毎年、八月の第一週の土曜と日曜におこなわれるのですが、土曜の夜には市の中心部を流れる入間川の畔で、いくつもの花火が打ちあげられ、その前後には「七夕通り」と名づけられたメーンストリートが、いちばんの賑わいを見せます。

綿菓子屋だの、お好み焼き屋だの、金魚掬いだのといった露店が左右の歩道を埋め、まんなかの車道を町の人たち、よそから来た人たち、一緒になって、押し合いへし合いしながら練り歩くのです。

わたくしと匠が二人して手をつなぎ、その「七夕通り」を歩いていたときにも相当、混み合っていましたから、花火大会のはじまる直前だったのでしょうか。

「行こか、戻ろか、思案橋……」

突然に初老の男の声が聞こえてきて、見ると、通りの左手、元は辻公園だったところが小広い空き地になっていて、そこにテント張りの小屋が掛かっているのです。公園のころの小川やそこに架けられた石の太鼓橋が残されていますが、その橋の手前に立って、男は客を呼びこんでいるのでした。

「なんだ、匠。お化け屋敷みたいだぞ」

やめよう、やめよう、気色がわるい……と、わたくしは匠の手を強く引いて、通りすぎようとしました。匠はしかし、その場に立ちつくしたきり、動こうとはしません。

「行こか、戻ろか、シアン……ガクしゃん、シアンって何?」

「シアン？……ああ、思案ね。考えるとか、迷うとか」

まぁ、シアンバシという、そういう名前の橋がたしか、大阪にあるんだよ。わたくしは答えましたが、それは匠にはどうでも良いようで、香具師《やし》らしき男がくりかえす心地よい響きの口上に惹かれたようです。

「ガクしゃん、行ってみよう」

告げるなり、わたくしの手を振り切るようにして、匠は呼び込みの男のいる太鼓橋のほうへ駆けだしてしまいます。仕方なく、あとを追い、橋の上で匠を摑まえました。

「小屋にはいっても良いけど、匠、お化け屋敷だぞ。怖くないのか」

「……怖くないっ」

唇を尖らして、匠は首を大きく横に振ってみせます。

「分かった」

橋を渡ってすぐがテント小屋の入り口で、大人と子ども合わせて五百円ほどの入場料を払い、ふたたび匠の手を取って、わたくしはなかにはいりました。

じっさい、怖いことは何もない。屋内はいくつかの部屋に仕切られていて、一人か二人、お化けを装った白づくめの人間がいました。それが「恨めしやー」などと、ありきたりの台詞で客を嚇そうとするのですが、子ども騙《だま》しどころか、四つか五つだった匠でさえも、顔いろ一つ変えません。あとはすべて人形で、竹藪とか雑木林に見立てた部屋のなかに、無造作に吊されているのです。

ただ、それらの部屋のあいだを巡る道が、けっこう入り組んでいて、あちこちに「行き止まり」

がある。お化け屋敷ではなくて、迷路だな、とわたくしは思いましたが、屋内の照明の加減もあったのかもしれません。

闇。それも何かふしぎな、湿り気のある半透明の闇なのです。青いような、赤味がかったような……。

「ほんとうに行こか、戻ろか、だな。うっかりすると、匠、花火大会、間に合わなくなるぞ」

そうして微妙に暗い通路を往ったり来たりしているうちに、一閃、光ったところがあって、そこが出口でした。

小屋を出たとたん、どーんと腹に響く轟音がして、わたくしと匠は顔を見合わせました。屋内とは違う、澄みわたった闇の中空に向けて、最前のとは別の、つぎの花火が打ちあげられていたのです。

じつのところ、二十有余年もまえのことで、わたくしの記憶も曖昧でしかありません。でも何故か、独特の抑揚をおびた呼び込みの香具師の口上と、迷路のようなテント小屋、抜けでた矢先に見た花火の鮮烈さが、強く印象に残っているのです。

それはやはり、市の条例のせいか、今はもう掛けられなくなった、あのテント小屋——半透明の闇が、イカロスとダイダロスの陥った迷宮と、二重写しになって思いかえされるからでしょう。

たしかに迷いに迷った、迷いつづけた十三年間でした。

匠がI病院を退院した直後、担当をして下さっていた精神科医にも、向後の生活の厳しさをあれこれと示唆されましたが、わたくしは妻と話し合いました。

「また元のように一緒に暮らすわけだけど、これからが大変だぞ」

「退院したとはいっても、病いが完治したというのではないですもんね」

「いつまた切れて、怒鳴ったり暴れたりするかもしれない……そんときには、こちらが冷静に対処しなけりゃ、どうにもならんもんな」

そうなる惧れは多分にありましたが、家に帰ってきた当初の匠は毎日、寝てばかりいました。むろん、多量に睡眠剤を服用するせいでしょう。

当時のわたくしの日記には、こうあります。

「匠の一日は早朝五時に起き、朝食後にまた二度寝。昼ごろ目覚め、お昼を食べて、こんどは昼寝。夕方起きて、夕食をとり、ちょっとテレビなぞ見てから、八時か九時には寝床につく。『喰っちゃ寝』そのものであり、これでは、どこかへ出かけるどころではない」

そういう生活が一週間、二週間とつづくのです。隔週ごとに、I病院へ通院することになっていました。が、そのときは往復ともにタクシーで、わたくしが付き添ってゆくのです。

それでもわたくしたちは、何とか匠を家の外へ連れだそうと努めました。入院前から付き合っていた、ネパール人留学生のバッタライ・ナビンくん。SB学園大学でのわたくしの教え子だったのですが、彼の存在は、その点、とても貴重なものでした。

以前からたまには妻もまじえ、連れ立って食事に出かけたり、夜には男同士三人で近くの居酒屋で飲んだりもした。それをわたくしたちは、復活させたのです。

最初は月に一度くらいだったのを、しだいに増やして、二度、三度と、外食や外飲みをするようになりました。

そのうちに匠は、手軽に登れる近郊の山々へハイキングに行けるまでになりました。退院して、半年以上も経ってからのことですけれどもね。

翌春の三月か、四月ごろのことでした。自宅マンションのすぐまえからバスで稲荷山公園駅へ行き、西武池袋線を使えば一時間半ほどで行ける奥武蔵の武甲山に、匠とナビンくん、わたくしの三人で登ったのです。

最後は頂上に達したのですから、きちんと歩いてはいたのですが、ときおりウトウトする。途中一度、半睡の状態で尾根道を進んでいて、身体のバランスを崩し、斜面を転げ落ちそうになりました。

ナビンくんが咄嗟に斜面の下に降りて、何とか喰いとめてくれました。が、間一髪、へたをすれば、匠は大怪我をしていたところです。元の道に戻ってからも、「あれー、おれ、何だか、夢をみてたみたい」などと呟いて、まだ眠たそうにしているのです。

そう、昼食時にも、お酒を飲んでいる最中も、半ばは眼をつぶっているような状態でした。

「いつまでもこんなふうだったら、どうしよう」

と、わたくしと妻は案ずるのでしたが、一方で、匠が起きているときには、その一挙一動から眼が離せません。妻にとってはとくに、いったい全体、何故、匠が物を叩いたり蹴ったりするほどに怒るのか、分からないような出来事が、日常茶飯にあったようです。

たとえば、どうしても本人が駅前の銀行へ出向く必要があったときのこと。嫌でも外出しなければならない、そのストレスもあったのでしょうか、もう秋になっていて、肌寒いのに、長袖が見つかりません。それで、

「くそばばぁ、勝手におれのシャツ、仕舞いこみやがってっ」

と怒鳴り散らしたそうです。

妻が勤務先から帰宅したとき、ドアをしばらく開けっ放しにしたから、同じ階の女の人に見られた。たまたま自分は玄関口にいて、別のことで笑っていた。「絶対、変に思われた……死にたい」とまで言って、ドア板がへこむのではないかと思われるほど強く、蹴りつづけたとか……頭から蒲団をかぶって寝たから顎が縮んだとか、風呂の閉じ蓋が片手で持てないとか、コーヒーカップを父親のと間違えてコーヒーを注いだとか、店で一瞬、妻の手が触れただけで「マザコンと疑われた」とか、妻が携帯を触ったから、おかしなメールが友達に行ってしまったとか……。

「ほんと、あたしには理解できないことばかりよ」

じっさい、その豹変ぶりが何よりも解しがたく、怖いのです。

「にこにこ笑っていて、ちょっとあちらを向くでしょう。振りかえると、眼が据わってて、鬼のようになっているの」

三白眼で睨みすえている、と言うのです。

「ジキルが一瞬にして、ハイドに変わってしまうのよ」

入院前のように、物を壊したりするような真似は、ほとんどしなくなりました。が、手で壁やテーブルを叩いたり、ソファや椅子を足で蹴ったりするようなのです。

わたくしにとっても、事は同じです。

高田馬場の仕事場から、夜遅くに帰宅したときのことでした。匠がもっそりと起きてきて、「お帰り」も何も言わず、半分寝ぼけまなこで冷蔵庫から桃を出して食べ、そのまま自室へ戻ります。

寝たのかな、と思っていたら、

「てめぇ、殺してやるっ」

奇声が聞こえてくる。物騒な……また、はじまったか。

けれども、匠の部屋のドア越しに聴き耳を立ててみると、すでに鼾をかいているではないですか。翌朝も、べつに何事があったふうでもなく、平然としていました。

どうやら、このときは悪い夢でもみて、魘《うな》されただけだったようです。

突然に、こんなメールが届いたこともあります。

「おやじよ、てめえのせいで、おでん喰えないじゃねえか。かがみこみながら喋りやがって。鍋の前でペチャクチャ喋るんじゃねえよ。てめえの唾で、おでんが汚染されたじゃねえか。二度と帰ってくんじゃねえ。死ね、クズ野郎」

シチューやカレーを妻がつくったおりにも、似たようなことがありました。また、食事のときにはお取り箸が要《い》る、と言うから、

「家族のあいだで、それはおかしい」

と、私が諭すと、

「ざけんじゃねぇよ」

と叫んで、テーブル上のすべての皿をひっくり返したこともあります。それでいて、機嫌の良いときには、すき焼きでもしゃぶしゃぶでも、率先して自分の箸で、直接、肉を摘みとったりするのです。

誰にでも、他人の唾は汚いとか、直箸《じかばし》は嫌だ、といった気持ちはある。でも、それを口にするか、

否かでしょう。普通なら、取捨選択します。言うか、黙るか。匠はしかし、えらぶまえに、口にしてしまうようです。わたくしに「死ね」だの「殺す」だののメールを打つときも、一緒かと思われます。

「死ね」が百近くも連ねられたメールが送られてきたこともあって、正直、全身粟立ったものです。いずれ、本当の赤の他人に対しては、こういう態度を取ったりはしない。これまた、近しい者への甘えなのでしょう。逆に考えると、だからこそ、甘えられぬ他者には近づけないのかもしれません。

きっと匠は、言葉や態度を選択できない「まさかの自分」を心のどこかで自覚していて、それが怖くて堪らなかったのです。


K先生。

たしか先生とも一度、心を病んだ者の自殺について、話したことがありましたよね。

ちょうどこの時分だったでしょうか、匠がよく、「胸がザワザワする」と訴えるようになったのです。精神安定剤を飲むと治るようなのですが、そのうちに「鬱だ」とか「疲れた」、さらには「死にたい」とまで呟くようになりました。

一つには、さきにも言ったように、わたくしたち両親に対する甘えがあるのでしょう。他人のまえでは黙っていても、わたくしたちには折々の気分のままに口にしてしまうのです。

さほど本気とは思われません。が、親としてはやはり、心配になります。同じ年ごろの心を病んだ若者が自殺しただの、死に損なっただのと聞くと、それまでに増して真剣に耳を傾けるようになりました。

それも、テレビや新聞のニュースばかりではありません。

わたくしが当時、二つの大学のほかに編集者養成の専門学校でも教えていたことは、すでにお話しましたね。

ある日、その学校で一度も休んだことのないDくんが、無断欠席をしました。あとで理由を訊いてみると、

「郷里の従姉が亡くなったんで、実家に帰っていたんです」

と応えるではありませんか。

Dくんはわたくしの紹介で、多少なりと匠とも付き合いがあったのですが、その彼の二十二歳になる従姉が鬱病で、久しく家に引きこもっていたようなのです。それが急速に回復して、

「近所のコンビニで勤めはじめた……両親はもちろん、親戚一同、良かった良かったって、大喜びだったんですがねぇ」

と、Dくんは言いました。その矢先に、事は起こったそうです。家の鴨居に紐を掛けて首を吊ったらしいのですが、遺体のすぐそばに、彼女の携帯電話が落ちていたといいます。

「よほど手に力をこめたんでしょうね。折りたたみ型の携帯電話が、真っ二つに割られていたっていうんです」

その携帯に残されていたメールの言葉は、コンビニの店長からのもので、「病気の振りをして、ずる休みするな」とあったとか……。

もう一人、Rくんは H 大学の教え子で、やはり二十二、三歳ですが、当人がわたくしに、自分

は躁鬱病に統合失調症を併発していると告げ、リストカットした手首を見せてくれました。

おびただしい傷跡がすでに、暗褐色と化しています。

「カットするまえに、特別、嫌なことがあったわけでも、辛かったわけでもありません。死のほうが、向こうから落ちてくるんです」

優しく寄り添うように、とRくんは表現しました。あるいは「死のカプセル」がすっぽり覆いかぶさってくる。そんなふうに感じるのだそうです。

「ぼく、首を吊ったこともあるんですよ」

これまた、それほど難しいことではない。ドアノブにタオルを掛けて、輪をつくる。なかに首を入れて、

「そのまま身体を後ろに曳くようにして、ずらしていけば、おのずと息が止まるって……ネットに書かれていたんですよ」

そうRくんは言いましたが、彼の場合はすべて、未遂ですんでいます。でもわたくしは、自分が若いころに、同年配の女流作家が二段ベッドの縁にストッキングを掛けて、首を吊り、現実に死んでしまったことを思いだしました。

匠はしかし、未遂も何も、そうした行為に走ることは、ついぞありませんでした。ただ「死のカプセル」を身近にしたことはあるようで、わたくしたちの眼に見えないところでは、似たような真似をしていたか、少なくとも、頭で考えたことぐらいはあったにちがいありません。


K先生。

話が少々、前後しますが、わたくしたち一家は、匠が退院して三ヵ月後の十一月になって、引っ越しました。といっても、同じ狭山市の駅前で、道路をはさんで向かい側のマンションです。気分転換とか、心機一転といったこともありました。それに、これまでのリビングに和室一部屋、洋室二部屋の間取りより、やや広く、洋室が一部屋増えるのです。

そのぶん、気持ちが楽になりそうですし、もう一つ、そちらの新居だと、ペットが飼えると知らされたことがあります。

まえのマンションには、入れ替わりに義妹が単身、入居することになったのですが、あちらでは、はっきり禁じられてはいなかったものの、「ペット飼育可」と明示はされていませんでした。そのためのトラブルも若干、起こっていたようです。

「心を病んだ人にとって、ペットは大きな癒しになるそうよ……飼い犬を散歩させることによって、引きこもりも治るんじゃないかしら」

転居を検討中に、妻がそう言っていましたが、じつはわたくしたちは以前から、猫を一匹、飼っていました。

たしか匠が中二の夏、学校から歩いての帰りに入間川の河原で、紙箱ごと拾ってきた虎柄の雄猫です。身体全体に濃淡茶系の縞模様が付いていて、まだ仔猫なのに、尻尾がすこぶる長い。一目見たとき、

「アメショーもどきだな」

わたくしは呟きましたが、おそらく血統正しいアメリカン・ショートヘア種が過って宿した猫。だからこそ捨てられたのでしょうが、縞柄が綺麗ですし、人なつこくて可愛い。「ペット可」で

はないマンションでしたから、一応は他の貰い手をさがしました。けれど、すぐには見つからず、「よし、うちで飼おう」ということになったのです。

かつて、インコにタメゴロウ、ウサギにポチと名づけた匠が、こんどは素直すぎるくらい素直に、トラという名をあたえました。

さすがアメショーもどき、です。拾われてきた当初は、わたくしの両手の上に乗るくらいに小さかったものが、半年、一年と経つうちにみるみる成長して、体長七十センチ。尻尾までふくめると一メートルは優に超えて、なんと、わたくしのベッドの端から端まで届くほどになったのです。

それは良いのですが、一家が移転したことで、困ったことが起きました。よく犬は人に付く、猫は家に付く、といいますよね。どうやら、あれは本当みたいです。

壁も天井も床もすべてが真新しく、まだほのかに木の香がするような部屋で、わたくしたち夫婦、それに匠も満ち足りた気分でいたようですが、当時七歳になったトラだけが新居になじめません。家中をうろつきまわり、猛然と廊下を走ったかと思ったら、やかましく鳴きだす始末です。

匠の手や足に噛みつくようになったのも、このころからでした。それも変にちょっかいを出したり、からかったりしたわけではありません。

少しまえに、酒に酔ったわたくしが顔を近づけすぎて、いきなりトラに鼻を噛まれ、血まみれになったことがありました。翌日はH大の授業でしたが、くっきりと傷痕が残ってしまい、学生たちに「先生、どなたに悪さしたんです?」などと笑われたものです。

余談はともかく、匠の場合には何もせずに、ベッドで静かに寝ているときとか、居間のソファに坐って、じっとテレビを見ているときとかに狙われるのです。

「可哀相に……匠、おまえ、トラのストレス解消の的にされてるんだな」

わたくしは慰めにもならない言葉をかけ、

「あたしたちは放っておいて、あんた一人が嚙まれるのはたぶん、一緒に育ってきた兄弟みたいに思われてるからよ」

妻も宥めますが、ふいに襲われる匠も大変です。

軽く歯先をあてる「甘嚙み」がほとんどのようですが、ときには痛いほどに嚙まれるし、さきのわたくしのように、傷跡が残る。そうなると、例の三白眼です。

大好きなトラが相手ですから、殴る蹴るなどの仕返しはしません。ただ、わたくしたちに向かって、こう言うのです。

「トラの歯牙が静脈を通り抜けて、筋肉にまで達した……筋肉が弱くなって、手や腕が動かせなくなったら、どうしよう」

ここで、そんなことはない、オキシフルでも塗って、バンドエイドを付けておけば大丈夫だよ、とでも応えようものなら、大事《おおごと》です。「殴る」「殺す」「死ね」の罵詈雑言が暗闇の雹《ひょう》のように降ってくるに決まっています。

そうでなくとも匠は、トラに仕返しする代わりに、ベッドやソファを叩きつづけるのでした。

そのうちに彼は、じつは襲われておらず、トラが近寄ってさえいないのに、「また嚙まれた。こんどこそ、筋肉がやられた」などと口走るようになりました。

こうなると、どこまでエスカレートするか、分かりません。

わたくしと妻は相談し、餌と猫用トイレを置いた一室にトラを閉じこめ、出すときは犬の散歩に使うリードを付けることにしました。また、トラがさらなるストレスを溜めるといけないので、トラの首輪につけたリードをわたくしたちが持って、たまに玄関の外の通路を歩かせることにしたのです。

　そうして、トラの「嚙みつき」騒ぎはひとまず治まりましたが、つづいて、わたくしが「お犬さま騒動」と呼ぶ一件がもちあがりました。


　さきほども触れましたように、わたくしと妻が転居先にペットを飼えるマンションをえらんだのは、まえまえから匠が「犬を飼いたい」と言っていたことと、わたくしたちも彼が外に出る良いきっかけになるだろう、と踏んだからです。

「よし、飼おう。ただし、匠、必ずおまえが散歩に連れてゆくんだぞ」

　念を押しておいてから、一度、家族三人して都内のいくつかの犬舎を巡って歩いた憶えがあります。引っ越して、まもないころでした。そのときはでも、当の匠の気に入った犬が見つからず、買わずに帰ってきました。

　つぎには母子してパソコンのネットでさがしたらしく、わざわざ同じ埼玉でもだいぶ遠方の上尾まで、プードルの仔犬を見に行くという話になりました。

「えっ、プードルかい？」

　私は絶句して、おもわず眉をひそめました。

　べつに、プードルが嫌いというのではありません。毛がふさふさしていて、眺めるぶんには、可愛いと思いますよ。けれど、一般に「ご婦人方が連れ歩く」といったイメージがあり、その種の風評をちょっとでも匠が耳にしたら、どうなるか。

連れて散歩に出るどころか、さわることすらも出来なくなるのを、わたくしは危ぶんだのです。

他人の反応に敏感な匠です。わたくしの沈黙に不機嫌さを感じたはずですが、すでに上尾へ行く気になっていたからでしょう、何も言わず、そのまま妻と出かけてしまいました。そして数時間後には、成猫のトラの半分ほどの大きさの白いプードルの仔を連れて戻りました。

「成長しても、今のトラより少し大きいくらいにしかならないみたいよ」

妻の声のほうが弾んで響き、内心また、わたくしは呆れかえりました。二十数万もしたと聞いては、なおのことです。が、依然、黙っていました。

早速、匠がコロと名づけたその雄の仔犬は、真白の巻き毛におおわれ、椎の実に似た小さく、きょとんとした眼をしていて、たしかに愛くるしい。はじめのうちは、だから、匠もわたくしの危惧をよそに、喜んで頭を撫でたり、抱きあげたりしていたのです。

半月後、わたくしはグラビア旅行誌の取材で、担当のカメラマンとともに東欧へ行くことになっていました。ところが、その数日前、皆が新たなペットのコロにばかり、かまけていたせいか、猫のトラが行方不明になってしまったのです。

結局トラは家のなかにいたのですが、家の外へさがしに出た妻が、マンションの外階段で足を踏み外す、という事件が起こりました。

旅行の準備や打ち合わせで、わたくしが不在中の出来事でした。が、頭を強打したものの、妻は意識を取り戻し、匠の協力を得て、みずから救急車を呼んだそうです。

検査の結果、妻は頭蓋の一部を骨折し、蜘蛛膜《くもまく》下出血と診断されました。けれど、さいわいにも軽くてすみ、五日ほど入院しただけで、わたくしが取材に出かけるまえには、家に帰ってきました。

「ずいぶんと匠、動転していたようだけど、あたしが救急車に運ばれるのを手伝ったり、付き添ったりして、よくやってくれたのよ」

妻は言いましたが、問題はトラとコロの面倒です。

ようやく新居に馴れたトラはともかく、何か周囲で騒ぎがあったのが分かるのでしょう、仔犬のコロは無駄鳴き、無駄吠えで、匠を手こずらせました。わたくしは海外旅行直前で慌ただしく、向かいに住む義妹も勤めをもっていて忙しい。容易に時間を割くことが出来ません。

そんなこんなで匠は「育犬ノイローゼ」に陥り、近くの大型スーパーのペットショップにコロを預けることになりました。妻の退院と同時に、コロも戻ってきましたが、無駄吠えが癖になってしまったようで、あまつさえ大きく首を振るなどして暴れるようになりました。

「おれ、コロのやつ、よっぽど蹴飛ばしてやろうかと思ったよ」

いつもの三白眼で、そう言うのを聞いては、放っておくわけにもいきません。妻が病後で、わたくし自身がしばらく日本を留守にするとあっては、よけいに心配です。

わたくしは実家の母に電話をかけて、一月ほどもコロを預かってもらうことに決めました。

父はとうに亡くなっていましたが、母は当時まだ達者で、京王線の初台の家に妹夫婦とともに住んでいたのです。母は犬猫の扱いに慣れていましたし、そばに妹らがいるというのも、わたくしには心強く感じられました。

わたくしは二週間後に帰国。約束どおり、コロもほぼ一月でわが家に帰りました。だいぶ大きくなっていましたが、覚えていたのか、コロはわたくしたちに懐《なつ》き、ことに匠には甘えてじゃれついて、このとき彼は大喜びでいたのです。それがたった二日で変わってしまうとは、思いも寄りませんでした。

ちょっとでもコロが吠えると、頭を抱え、コロがトラに近づいたりすると、たちまち、おろおろしはじめます。しまいには、じっさいには触れてもいないのに、コロがトラを噛んだ、と騒ぎだし、

「駄目だ。堪えられない……うちでは飼えない。頼むから、誰かにあげてくれ」

思いきり強く、ソファや椅子を叩くのです。

仕方なく、わたくしはまた母に連絡し、ふたたび彼女にコロの里親役を依託しました。

そんなふうで、一年あまりもコロはわが家と初台の実家のあいだを往ったり来たり……やがては、向かいのマンションに住む義妹が勤めをやめたのを機に引きとると申しで、匠も同意して、ようやくコロは安住の地を得ることが出来たのです。

「お犬さま騒動」はしかし、それで治まったわけではありません。

いなくなればいないなくなるで、淋しがる――これは匠に限ったことではないでしょう。人は誰しも、そうだと思います。自分に面倒をかけた厄介な相手であればあるほど、そういう感情が湧くものですよね。ほどなく匠は、

「やっぱり犬が家にいないと、つまんないな」

と言いだしました。こんどは和犬が良い、というのです。もともとは、わたくしも和犬贔屓で

したから、

「ふむ。秋田犬とか甲斐犬は大きくなりすぎて無理だから、柴犬……できたら、豆シバが良いな」

そう応えたものだから、大変です。すっかり匠はその気になってしまい、妻を説得し、三人して、これもネットで見つけた西八王子の犬舎に行くことになったのです。

七月も末の暑い日でした。犬舎の店員ははじめ、

「うちには、仔犬はいません」

と言っていたのですが、電話で店長に問い合わせると、店の裏のケージに赤シバの仔犬の雌が二匹いるとのこと。店長自身が店に現われ、その二匹のうち、

「少し日齢の高いほうが、おとなしいですよ」

と言うのです。そこで連れてきてもらうと、鹿の仔みたいに痩せていて、じつにおとなしい。鳴きも吠えもせず、こころみに匠が抱いてみると、嬉しそうに尻尾を振っているではないですか。

「決めたよ。おれ、買う」

ほとんど即決で、その日は手付け金のみを払い、翌日また三人で柴の仔犬を引きとりに行きました。ぴったり十万円でしたが、匠が自分の貯金で買うと主張。「これは本気だよ」と、わたくしは妻と顔を見合わせたものでした。

匠の入れ込みようは、仔犬に華瑠という優雅な名前をあたえたことでも分かります。わたくしと妻は普通に、カルという感じで呼んでいましたが……。

飼いだして三日目に、そのカルがソファから飛びおりて、足の筋を痛めたときには、

「おやじが見てなかったせいだ」

などと、わけの分からないことを言いました。あるいは反対に、

「勝手にしつけるな」

と怒ったりもします。

このときの怒りの矛先は新居のトイレのドアに向けられ、握り拳で力一杯殴ったために、大きな穴が空いてしまいました。

また、さきのコロと同様、トラを噛んだの噛まれただので大騒ぎしたこともありますが、基本的にカルは無駄吠えはしないし、変に暴れたりもしません。まさに「匠向き」の犬でした。

当初のわたくしと妻との目論見《もくろみ》どおり、率先して匠が散歩をするようになったのも、カルのおかげ。お華瑠さまさまです。

朝は匠とわたくしが外へ連れてゆき、夕刻の散歩は基本的に妻にまかせ、気が向けば匠が付いてゆくということになりました。


もう一つ、わたくしと妻には、頭痛のたねがありました。

K先生にはまだ紹介していませんが、わたくしたちにはもう一人、息子がいるのです。匠より三つ年上の長男で、今は結婚して、一児の父親になっています。

当時の彼は、大学進学を機に東京で下宿していて、たまにしか狭山のわが家には戻ってきませんでした。

この長男と匠は、幼いころには大の仲良しで、わたくしと妻が何かで長男を叱ったりすると、匠は、

「お兄しゃんをいじめるな」

と、わがことのように怒ったものです。反対に、いつだったか、わが家の近辺一帯が停電したおりには、長男が、

「大丈夫だよ、匠。お兄ちゃんの手をしっかり握って、そばにいれば安心……そのうち、電気つくから」

そう言って、怯える匠を宥めたりしていました。

それがいつごろからでしょうか、二人が順に中学、高校と進むあいだに、少しずつ齟齬《そご》が生じてしまったようです。

長男は公立の中学に行きましたが、高校はＳＢ学園大学附属校と同様、県内でも有数の私立の進学校を卒業、理工系をめざして予備校に通っていました。いわゆる浪人暮らしですが、高校を、それも一年足らずで退学した自分からすればエリート……匠には、そんなふうに見えたのかもしれません。

長男の背丈は、百七十センチちょうどの匠より六センチほども高く、投薬の副作用もあってか、ややずんぐりしてきた匠にくらべ、痩せすぎかと案じさせるほどに、すんなりとしています。

そういう容姿に関する劣等感もあったのでしょう。

高校をやめてまもなく、匠は、

「同じ狭い家のなかに、野郎が三人もいるのは窮屈だよ」

などと言いだして、そのころはわが家から五、六分のところに住んでいた義妹のアパートに、だいぶ長らく寄寓していました。

実の兄弟なのに、こんなにも違うものか。そう思わされるほどに、異なる性格、心情をもった二人でした。兄は如才なく、闊達で、何事にも上手く立ちまわります。

「おれは理工系、向かねぇ。やっぱり、おやじの血かねぇ、文化系だよ」

浪人途中で進路を変え、日大の法学部に進んだのですが、なんと、最初の一年間、まったく授業に出ていなかった。大学側からの連絡でそれを知ったとき、彼の学費の一切を出していたわたくしは激怒して、

「もう、おまえには一銭の金も使わない」

勘当だ、とまで言ったのですが、

「そこをそれ、何とか堪えて……ならぬ堪忍なすが堪忍とかと、言うでしょう」

と逃れて、そのとき約束したとおり、残り三年間で必要単位をすべて修得し、卒業してしまったのです。在学中に、ある電子機器の会社で電話勧誘のアルバイトをして、実績一位になったと威張っていたのも、そのころでした。

高校中退以来、ずっと引きこもっていた匠にとっては、すでにしてコンプレックスの対象どころか、「別の人種」のように感じられたのではないでしょうか。

長男が日大にはいったときには、

「クラブはどうするんだろう。体育会か……兄貴、サッカーが好きだからな。でも、スポーツだけはやめて欲しい」

呟いて、頭を抱えていました。兄の体格が良くなって、喧嘩に負けたら困る、というのです。

妻が長男に電話をかけて、

「横着しないで、朝、昼、晩と、きちんと食事とりなさいよ」

と告げたときに怒ったのも、同じ理由でした。さらには、妻が自分に断わりなく兄に電話したのが気に入らない、自分が脇から何か言ったのを兄が聞いたかもしれない、それで気分を害したら大変だ……要するに、必要以上に気を遣ってしまうのです。

中学時代、周囲のクラスメートに合わせようとして、疲れきってしまったのと、あるいは似ているのかもしれません。

一時期など、長男が家に帰る、と聞いただけで、血相を変える有様でした。

それでいて、いいえ、それゆえにこそ、でしょうか。

長男が来ると、彼を相手に、芸能だのスポーツだの、自分から話題を見つけては喋りまくるのです。しまいには長男が呆れるほどでしたが、今は何が流行《はや》っているのか、ファッションの相談などもして、翌日には長男の示唆したとおりの髪型にし、勧められた服を買いもとめたりしていました。自分から率先して、

「日大合格おめでとう」

と、メールを打ったり、長男が将来もし、法律関係の仕事についたら、「おれ、兄貴の手伝いをして生きてゆこう」と言ったりもしていたのです。

それにしても長男自身、驚いていましたが、二度三度におよぶ匠の入院中、多忙にかまけて一回も面会に来ずにいた彼が、初めて三鷹のM病院に足を運んで、弟と会った……それがまさか最期になろうとは、わたくしにとっても思いがけず、ふしぎなことでした。

話を戻します。

K先生、眠ってばかりいた退院直後はともかく、二十歳前後から二十四、五歳のころまで、匠はもっともわたくしの近くにいたような気がします。

犬の散歩には、ほぼ毎朝、わたくしと二人で行くようになり、隔週ごとのI病院への通院にも、以前どおり、わたくしが付き添ってゆきます。

当初は往復ともにタクシーを使いましたが、ほどなくそれを止めました。往きはともかく、帰りには必ず歩いて帰るようにしたのです。たいていは途中、入曽駅近くの喫茶店に立ち寄り、オーナーのママとも親しく口がきけるようになりました。

一つ事が進むと、人間なべて、つぎに進めるものですよね。

あいかわらず匠は、他人との付き合いは苦手で、とくに初対面の相手をまえにすると、眼を伏せて押し黙ってしまいます。そこを何とか変えさせようと、わたくしや妻は、なるべく匠の意識を外へ向けるように努めました。

大手製薬会社の新宿本社に出勤するようになった妻はともかく、わたくしのほうは締め切り間際など、泊まりがけでしなければならぬ仕事はあるものの、まるで仕事場に行かずにすむ日も増えました。そういうときは蕎麦のミゾロギや、ラーメンのヤマキ屋、餃子のマンシュウなどで、ともに昼食をとり、夜はあちこちの居酒屋に出かけました。

以前には月に二、三度だったものが、週に二、三度の頻度になり、丸一週間、夜ごと居酒屋に通ったこともあります。

なかに狭山で唯一のボクシングジムの会長が生業《なりわい》にしているタジマなるうどん店が、わが家の近くにあって、夜は酒場となるのです。

ナビンくんのほかに仲良くなったのは、大方そこで知り合った面々で、霞ヶ浦の「予科練平和記念館」や末期の新選組が駐屯した下総《しもうさ》の流山《ながれやま》を訪ねたときには、ナビンくんは用があって来られませんでしたが、ミノちゃんが自分の軽自動車を運転して行ってくれたのです。

ミノちゃん、人は善いのですが、喧嘩っ早くて、弱ります。自衛隊をやめたのも、上司に逆らったせいだとか噂されていますが、狭山の酒場などでも、しょっちゅう他の客と喧嘩騒ぎを起こしています。一応、筋は通っているだけに、止めることも出来ず、周囲の者としてはなおさら困惑させられるのです。

桜が満開の季節。匠とミノちゃんとわたくしの三人で、近くの稲荷山《いなりやま》公園へ花見に行ったことがありました。

そう。秋には「航空祭」が催される航空自衛隊の入間基地の隣、昔は米軍の軍人家族が住んでいたというハイツの跡地にできた公園です。

土曜だったか、日曜だったかの遅い午後で、園内の芝生にビニールシートをひろげて、飲み喰いしているグループもいましたが、わたくしたちは西武池袋線の稲荷山公園駅近くの屋台で、酒を飲んでいました。

ビールとかサワーとかを一、二杯ずつ呷って、

「さぁ、河岸《かし》を変えて飲みなおそう」

と、駅に向かい、歩きかけたときです。ミノちゃんが、

「ちょっとおれ、トイレ行ってくる」

と言って、公園のほうへ引きかえしたきり、まるで戻ってこないではないですか。

匠とわたくしは駅前のベンチに腰をおろして、何だ、何かあったのかって、首をかしげたりしていました。そうやって待ちくたびれたところに、ようやくミノちゃんが姿を見せて、

「生意気な学生連中がトイレの脇にシートを敷いて、大騒ぎしてやがんだ」

ひどく昂奮しています。

「おい、おめぇら、トイレ出入りするのに邪魔だよって怒ってやったら、逆ギレして、突っかかってきやがった。どうする、ガクさんたち？……おれはもう一度行って、ケリをつけるつもりだけど、付いてくるかい」

どれ、と中腰になって、ミノちゃんの指差すほうを見ると、なるほど学生風の若者が五、六人、とぐろを巻いています。

「ふむ。あれは相当に酔ってるな。多勢に無勢だし、君子危うきに近寄らずだ。やめよう、やめよう」

自衛隊員上がりのミノちゃんは、いかにも腕力自慢のようだけど、匠とおれはな……そう思って、匠を見ると、顔を左右に揺すっていました。

そのうち、待ちきれなくなったとみえて、ミノちゃんは振りかえり、学生たちのほうへ歩いていってしまいます。

「アホだな、あいつ」

呟いて、わたくしは匠に向かい、

「ここは逃げるが勝ちだ。いいな」

「……分かった」

素直にうなずいて、わたくしにつづき、匠も腰を上げました。

「いやぁ、あんときのおやじの逃げ足の速さったら、なかったね」これは、あとで匠が言った言葉です。「ふだんはトロトロ歩いてるのに、ああいうの、クソ力っていうのかね。おれは二、三歩遅れて付いてゆくのが、やっとだったよ」と。

わたくしたちが逃げだしたのに気づいて、さすがにミノちゃんも形勢不利と読んだのでしょう。相手の学生たちに、何やら捨て台詞を吐いてから、一目散に駆けてきました。俊足も自慢だったはずですが、最後はミノちゃん、ゼイゼイと息を切らしていましたっけ。

ついでに、いま一度、最前の匠の言葉の続きを紹介しておきます。「おれはさぁ、分かったよ。おやじが学生時代、日本でいちばん弱い慶大全共闘だの、べ平連ニャロメ派だったのって、おかしな自慢していただろ。ニャロメってのは、赤塚不二夫の漫画のキャラクターで、自分より強い奴に捕まると、ごめんにゃさーい、と謝って、さっと逃げる、逃げきったところで、アッカンベーってやるんだろ。コンニャロメってね」稲荷山公園でのわたくしの姿こそ、まさにニャロメそのものだったというのです。

あのおりに、匠とわたくしが思いだしたことが、もう一つ、あります。

匠にとっての父方の祖父、つまり、わたくしの父が、さきの太平洋戦争で「インパール作戦」に従事。昔のビルマ、現在のミャンマーの奥地に送りこまれたのです。

いわゆる一兵卒だったのですが、好運なことに、輜重《しちょう》隊といって、前線では戦わず、兵器や食糧だのを運ぶ部隊に配属されたそうです。しかし、じっさいには、どこの部隊・部署も同じこと。戦闘中よりも、いよいよ敗色が濃くなって、退却するときに、もっとも多くの日本兵が亡くなったといわれています。父の部隊でも百人中、生きて還《かえ》れたのは、せいぜいが二、三十人とか……それにはコツがある、と妙な話を、父はわたくしたち家族に聞かせたものです。

「鳥が鳴かぬ日はあっても、あんたが泣かぬ日はなかったってな、戦友会なぞに行くと、よく皆にそう言われるよ」

それぐらい臆病だった、というのです。

たとえば、他の兵士が平気で口にする馬肉――死んで腐った馬の肉は食べず、腐肉にたかった蛆を焼いて食べた。また、いくら喉が渇いても、軍靴にたまった水だけは飲まなかったそうです。そうして生き残った父は、戦後も五十年近くを生きて、七十九歳で病死しました。が、父が生還していなければ、わたくしは存在しなかったし、匠も生まれなかったわけです。

臆病こそが生き、生き延びるコツだと、父とわたくしを見ていて、匠もそれは痛感していたようです。でも、一方では「強いもの」に憧れつづけていました。家で引きこもっていたときも、いつしかミスターチルドレンに変わりましたが、初めのころは軍歌ばかり聞いていましたし、正月と夏の終戦記念日の靖国神社参拝は欠かしません。

あれほど外出するのを嫌がっていた匠が、その日だけは一人でも、東京の九段まで足を運ぶのです。

ほかにも用があったとはいえ、元自衛隊員のミノちゃんと一緒に予科練平和記念館まで出かけていったのも、匠の興味がどういう方面に向けられていたのか、分かっていただけることでしょう。ただし、思想的に匠が右傾化していたのだとは思いません。彼はただ「力」に弱かったのです。

彼自身は意識していなかったでしょう。が、中学時代に悪ふざけの延長で、同級生仲間から半裸にされた、それも女子生徒の大勢いるまえで……そのときのトラウマが「力」を恐れ、反発し、回避しようとしながらも、恋い焦がれる。ある種、矛盾のたねを植えつけてしまったという気がします。

ごくわずかな期間ですが、匠はうどん店タジマの親父さんが営むボクシングジムに通っていたこともあります。家の自分の部屋にもベンチプレスやバーベルを置いて、たまに運動をしていました。少しでも贅肉を減らし、筋肉などを鍛えて、強くなりたかったのでしょう。

しかし現実には、どうだったのか。

本当を言うと、わたくしなどは匠に対して、精神的な強さ、それも基本、神仏などには頼らない一個の人としての強さのほうを求めていたのですが。

こんなこともありました。

タジマのそばにあったグッドマザーという店が、駅向こうの盛り場に移転したと聞いて、匠、ナビンくん、わたくしと三人で飲みに出かけたのです。暖簾を分けてはいったとたん、わたくしは、まえのときと雰囲気が違うな、と感じました。明らかに、客の質がわるくなっているのです。匠もそれと察したらしく、

「おやじ、出よう」

と、小声で呟き、わたくしのシャツの袖を引っぱりました。ところがそのとき、わたくしの見知った飲み友達が手前のカウンター席にいて、呼びとめられてしまったのです。

誘われて、仕方なく一緒に奥のテーブル席につきました。匠はしかし、

「……嫌だ」

と、テーブルに俯せたきり、顔を上げようともしません。

ナビンくんもわたくしも、注文したビールをほとんど口にせぬままに、わずか十分ほどで店を出ました。

グッドマザーの並びに、これも多少は馴染みになったカラオケ酒場があって、

「よし、あそこへ行こう」

わたくしが言い、入店。カウンター席に坐ると、匠はたちまち上機嫌になり、得意の軍歌を披露します。

「若いのに、よくそんな古い歌、知ってるわね」

居合わせた、年配ながら初対面の女性客に声をかけられましたが、

「いやー、ぼく、軍歌、好きなんですよ」

平気でそう返答していたのには、驚かされました。

べつの日に、わたくしが一人でさきのグッドマザーに行って、訊いたところ、

「ああ、あの晩ね、からみ癖のある札付きのお客がいたのよ」

と、ママさん。その客が、何か言いたそうにして、わたくしたちのテーブルに、そっと近づいてきたらしいのです。

ふーむ、とわたくしは小さく唸ってしまいました。わたくしはただ雰囲気がわるい、と感じただけですが、匠には過敏……それをすら通り越して、何かを見抜く直感力がそなわっていたよう

です。

でも、その直感力が、いつも当たっているとは限りません。そこが困ったところです。

デイケアの施設で、「目白クラブ」というのがありました。わたくしの仕事場のある高田馬場から山手線で一つ目で、近い。そんなこともあって、

「試しに行ってみたら」

と促すと、

「試しならば、ね」

と承諾しました。

その最初の接見のおりに、まずは匠が、リーダーとなるカウンセラーと話し合い、ついで、わたくしが面談することになったのです。そこでカウンセラーが、こう言いました。

「正直申しあげて、クラブの皆さん、暗い人ばかりなので、あまり期待しても、向こうからは何も話しかけてもらえないと思いますよ」

帰路、わたくしは目白駅への道を歩きながら、匠にそれをそのまま伝えたのです。彼はしばらく、ずっと黙っていましたが、やがて立ちどまり、低い声を出しました。

「おやじ、てめぇ、ぶっ殺すぞ」

眼が据わっています。

「…………？」

「みんな、暗いのは分かってたよ。でも、いくらカウンセラーの先生がそう言ったとしても、クラブを出たとたん、そういうこと口にするなよ」

もしクラブの誰かに聞かれたら、自分が苛められる、と言うのです。一理はある、とわたくしは思いました。けれど、近くには人っ子一人いなかった。それを確かめたうえで、わたくしは匠に伝えたのです。

匠の納得を得られぬままに、高田馬場駅で別れて、わたくしは仕事場へ向かいました。着くや着かぬやのうちに、匠からわたくしの携帯にメールが来たのです。案の定、「死ね」の言葉が百個も連ねられていました。

とうに経験済みとは言いながら、これには毎度ぞっとさせられます。

だいぶ匠の調子は好転したとはいえ、ジキルからハイドに豹変することは、ほかにも、しばしばありました。

おやじがテレビのリモコンを勝手に操作したために、自分の取った録画が消えた……自分がテレビの好きな番組を見ていたところへ、おやじが電話をかけた、おかげでいちばん良い場面を見損なった……おやじがタジマさんによけいなことを喋ったから、ジム仲間に変な眼で見られる……自分がベランダに干しておいたTシャツを、おやじが勝手に取りこんだために、裾がゆがんで伸びた……等々。そのつど、死ネと殺スの連発です。

その後、デイケアの施設にはあちこち見学におもむき、最後には新狭山駅近くの喫茶店兼営の「出逢いの小径」に落ち着くのですが、各地の心理カウンセラーのもとをも訪ねました。

結果、決めたのが所沢の心理心療研究所で、この研究所の「認知行動療法」というのが素晴らしく、効果覿面だったのです。

それまで匠は、電車やバスのなかでは、俯いてばかりいたのに、背筋を伸ばして、きちんと前方を見るようになりました。外へ出て、行動をともにしてくれる先生に、

「いつも下を向いていたら、かえって目立つよ」

と諭されたのが、理由のようです。

わたくしには出来ないアドバイスで、妻も大喜びでした。

自分で新聞記事を読んで見つけだした声楽療法は、途中で声楽家の先生が茨城県の阿見町《あみまち》とはべつに、東京の田端に教室をもって、そちらに通うことになったせいもあり、三年ほどもつづいたでしょうか。

のちに匠は、幼いころに習って長らく中断していたピアノのレッスンも受けるようになります。やがては『放たれる』など、好きなミスターチルドレンの曲までも弾けるようになるのですが、声楽療法がその下地になったような気がします。

いっとき、匠は野球観戦にも凝っていて、読売巨人軍の大ファンでした。いつだったか、わたくしが市ヶ谷のH大学に出講した帰りのことです。他に用あって後楽園に立ち寄り、何となくドーム球場の入場券売り場に行ってみると、その日のナイトゲームの指定席が、空いているとのこと。

「ちょうどキャンセルがありましたので、二枚、お取りできます」

と言うではありませんか。すぐさま買いもとめ、自宅の匠のもとに電話をかけて、事情を話しました。

「キャンセルで良い席が取れたって？……超ラッキーじゃないの」

「じゃあ、匠、一人で後楽園駅まで来れるな」

わたくしはメトロの後楽園駅の改札口で待つ、と告げて、電話を切りました。いつも、わたくしが誘うと、最初は必ず躊躇したり、嫌がったりする匠です。このときも、たまたま家にいた妻に、「おやじがまた、おれを強制する」などと言って、愚痴っていたそうですが、観戦中は熱中していました。わたくしが即決で入場券を購入したのは、匠がとくに応援していた当時の巨人軍のエース、沢村拓一投手が登板すると聞いたためでもあります。その沢村が勝利投手となり、わたくしと匠は大喜びで、帰路、いくども祝杯をあげたものでした。祝杯といえば、あいかわらずナビンくんと三人、連れ立っての酒場通いはやめませんでした。匠はべつだん酒が好きとか強いというのではなく、すぐに真っ赤になるほど弱いのですが、酔うと瞬時なりとも解放された気分になる、それが良かったようです。いつぞやのように、いささかでも不快な手合いがいたりすると、まったく反転してしまうのですが……。

わが家の近所には「まきばの湯」だとか「やまとの湯」など、日帰りの温泉施設がいくつかあって、そういうところへもよく足を運んだものです。

さきの野球観戦のときのように、わたくしと二人きりのことも、たまにはありました。が、いつもだいたい、ナビンくんが一緒でした。匠が入院するまえにも、三人して京都から北九州へと足を延ばしたことがありますが、再度、わたくしの旧友のいる京都へ祇園祭を見に出かけたり、伊豆や箱根、鎌倉にもおとずれました。

ナビンくんとわたくしたち父子は、ミノちゃん、それにこれもタジマで知り合ったカタちゃんと誘い合わせて、富士山に登ったこともあります。

そのナビンくん、ＳＢ学園大学から、彼もまた拓殖大の大学院に進んだのですが、修士課程を修了し、大手のファミレスチェーンに就職。ほどなく同国人の女性と結婚して、ネパールに一時帰国したのです。かの三・一一――東日本大震災があった年の秋のことでした。

　郷里のポカラの町で、細君を後ろに乗せ、オートバイを運転中、大型バスと衝突するという大事故に見舞われてしまったのです。

　細君は軽傷ですんだものの、運転していたナビンくんは全身打撲に骨折で人事不省に陥り、ヘリコプターで首都のカトマンドゥの病院へ運ばれました。大手術を受け、数日後には意識を取り戻したのですが、脳の一部が損傷して、後遺症が残る懼《おそ》れがあるとのことです。

　どちらにしても、一年くらいは郷里の家に留まったまま、寝たきりの生活を強いられることになりました。

　この話をわたくしは、ナビンくんの留学生仲間から聞かされたのですが、匠にそれを伝えると、どうしたわけか、普通の顔をしています。いえ、むしろ、あっけらかんとしていた、と言ったほうが正確でしょうか。

　その年の春の「三・一一」の日のことを引き合いに出して、匠は、

「おれは人一倍、運が良いんだよ」

　と、両の肩をそびやかしてみせます。

　あの日、わたくしは年一回の半日検診ドックで深川にある知人の病院へ行ったところで地震に遭い、妻は勤め先の会社のある新宿の高層ビルの五十三階だかの部屋で遭遇したそうです。それが匠は、所沢の心理心療研究所を出てまもなく揺れを感知、どうしよう、と思ったら、そばの道路脇に止まっていたタクシーの運転手が、「そう遠くないなら、乗せていくよ」と呼びかけてく

れたそうです。

ＪＲをはじめ、私鉄各線、メトロまでが止まってしまい、わたくしは深川から仕事場のある高田馬場まで歩き、妻も新宿から田無あたりまで歩いたそうです。夜半近くになって西武新宿線が運行を再開し、夫婦ともに帰宅することが出来たのですが、匠はずっと自宅のソファで、猫のトラとともに寝そべっていたと言います。

「おれは小さいころ、島根の海で頭を岩にぶつけたときも、何針か縫っただけで入院しなくてすんだしさ、こないだ盲腸で病院に運ばれたときも、腹膜炎にならなかったじゃないか……あとで医者に、危なかったと言われたけど」

運が良いのさ、とまた呟いて、

「それにくらべると、ナビンさん、運がわるいよなぁ」

うっすらと苦笑いすら浮かべていたのでした。

けれども、です。ナビンくんの事故の話を聞いた翌日か、翌々日のことでした。テレビのスポーツニュースを見ていて、突然に匠、怒りはじめるではありませんか。

「どうした？」

と訊くと、

「菅野だよ、菅野が巨人にはいれないんだ」

と答えます。どうやら、そのころの巨人軍の監督だった原辰徳氏の甥に当たる東海大相模高校在学中の菅野智之選手が、ドラフト会議での抽選に外れ、巨人軍入団を断念。浪人する、というのです。

正直言って、わたくしなどには、どうでも良い話です。だから、わたくしや妻はべつに驚きもせずに、平然としている。それが、いっそう気に入らなかったのでしょうか、彼は自分の部屋に置いてあったバットを持ってきて、居間の壁ぎわに飾ってあった神棚を叩きだし、粉々に壊してしまいました。

何も、そこまでしなくとも……震撼としながらも、わたくしと妻は顔を見合わせましたが、この一見、不可解とも取れる振る舞いの根底には、ナビンくんのことがあったのだと思います。

いずれ、善きにつけ悪しきにつけ、ナビンくんの事故と彼の不在――匠にとって、それがその後の彼の大きな転機の一つになったという気がします。

じじつ、匠は、傍目にも分かるくらいに独立心が旺盛になってきました。「おやじは足が鈍《のろ》いから」とか言って、朝の犬の散歩は一人で行くことにしましたし、入曽のI病院や所沢のカウンセラーのもとにも単身、出向いてゆくようになりました。

I病院の担当医の話では、睡眠剤を減らし、不安を抑える薬――精神安定剤を増やしたそうです。薬の効き目もあったのか、仕事にも意欲をもちはじめ、短時間のパートではありますが、新狭山の「出逢いの小径」で日々、トイレの掃除を受けもったのを皮切りに、チラシ配りなどもやるようになりました。

「ぼっち登山」と名づけて、棒ノ嶺や天覧山、多峯主山《とおのすやま》、顔振峠《かあぶりとうげ》といった近辺の山々に一人ぼっちで登り、下山後は清流釣りを楽しんでくるようになったのも、このころからです。

かつては「単独行」といったものですが、匠が登山好きになったのも、あるいはわたくしの影響かもしれません。それに匠にも、文学への強い思いがあったような気がします。

K先生。最後に匠を診ていただいていた先生が、わたくしにおっしゃいましたよね。

「息子さん、黙ってらしたようだが、あなたのような作家になるのが夢だったようですよ」

じっさいに、わたくしと二人で「新斗匠《にいとしょう》」なる筆名を考えて、ナビンくんからの聞き書きの本『もっと知りたい国　ネパール』をともにプロデュースしたこともあります。

まぁしかし、とりあえず働いて、報酬をもらうようになってからは、

「あのペンネームは、やめた。おれはもう、ニートじゃないんだからね」

と笑っていましたが。

K先生もおっしゃっていたとおり、匠は、まだ少年のころから「物を書きたい」という気持ちを抱いていたようです。匠もまた、と言うべきでしょうか。

夕日

夕がたは
夕日が一番めだつ
「もうすぐ夜だぞー。」と
言ってるようだ
夕日が
いなくなった後
あたりは

まっくらになった

匠の遺品のノートに書かれていた詩です。小学校の二、三年生のころのものでしょう。「夕日が」「いなくなった」という表現に、拍手です。

じつは、わたくしにも、小学二年のときに書いた詩があるのです。某新聞の文芸コンクールで第一席にえらばれたということでもあり、こちらは新聞に載ったものを切り抜き、コピーして、自分の手もとに置いてあります。

カエル

ちよつと、やなぎの木の下をみると
あおガエルがちよこんと
一ぴき、じーとすわつている
雨がふつているのに
なにをかんがえているのだろう。
ときどき雨が目玉にぶつかると
しばたくだけだ。
しんぼうづよくまだうごかないんだ。
ぼくがかきのたねを

そばになげたら
のつそりとうごいて
またちよこんとすわつた
なんてがまんづよいんだろう。

まったく違う情景を描いているのに、どこか似てはいないでしょうか。「親バカ」なのか、「うぬ惚れ」なのかは分かりませんけれど……。

文学への道が、匠の一つの望みだったのは確かでしょう。ただ、筆一本で食べてゆくだなんてことが、どんなに大変か、父親を見ていれば、身にしみて分かっていたはずです。表向きには、警察官か自衛官になりたがっていました。わたくしにとっての岳父と義弟、つまり匠の母方の祖父や叔父が、地方の警察署に勤めていた影響もあるのでしょう。

「それが無理なら、警備員だな」

とも言っていましたが、あるとき一転、行政書士をめざすようになりました。運転免許の講習所とパソコン教室にくわえて、行政書士の資格を取るための通信講座を受講しはじめたのです。

むろん現実は、そう簡単ではありません。いずれも中途で頓挫したようですし、トイレの掃除やチラシ配りの仕事についで、狭山市駅の駅ビルのなかにある大型スーパーで働くことになりました。例のデイケア施設「出逢いの小径」の紹介です。

さまざまな商品を倉庫から出して、各棚にならべて置いてゆく「品出し」の作業ですが、職場の仲間はすべて匠と同じく、精神に障害を負った青年たちでした。

聞けば、そういう障害者のみを対象とした派遣会社があるとのこと。当初は匠も、早朝から正午までの仕事に精を出し、派遣会社主催の忘年会などにも喜んで出席していたのです。けれど、そのうちに不平不満を洩らすようになりました。

さきに働いていた先輩から「動作がとろい」とか「発破をかけてやる」などと言われたのがきっかけで、「もう嫌だ」「やめたい」と愚痴をこぼしだしたのです。

こころみにわたくしは、派遣会社の責任者に電話を入れてみました。そして、今の匠の状態を話しますと、

「相手はいじめたんじゃない、むしろ励ましたんですよ」

と応えるではないですか。

「匠くんは協調性に欠けています」

「おたくで働いている皆さん、そうなんじゃないですか」

と、わたくしは反論しました。

「彼の場合は、特別ですよ。よく言えば優しすぎる、おとなしすぎる……とにかく、ひとり浮いてるんです」

面会して抗議した妻には、もっと横柄で、驕慢な態度に出たそうです。わたくしは、アルバイト先のコンビニの店長の「ずる休みするな」という心ない一言メールで、みずから生命を断ったという専門学校生、Dくんの従姉のことを思いだしました。

わたくしも妻も、匠の辞意をみとめました。すると驚いたことに、スーパーをやめた、その足で匠は所沢のハローワークに行き、つぎの仕事を見つけてきたのです。

そのへんが彼のふしぎなところですが、こんどは新所沢の小規模なドラッグストアで、同じ年ごろの店長とウマが合い、ほとんど愚痴めいた言葉を口にすることなく、十ヵ月ほども働きつづけました。

匠もそのときすでに、二十八歳。遅まきながら、父離れ母離れの時期に差しかかったのでしょう。そのまま順調に行くかな、とわたくしたちは願ったのですが、人の運命とは皮肉なものです。

ちょうどこのころに、匠はマユミという女性と知り合ったのです。

今から二年前の秋のことで、ドラッグストアのバイト仲間に誘われて、新宿の居酒屋での「合コン」に顔を出したときに知り合い、「ぼくと付き合ってもらえませんか」と訊き、すぐにＯＫしてもらったとか。

マユミさんは、平日は代々木にある食品加工の会社に全日勤務していて、夕刻には高円寺の社員寮に戻る。それで土日にしか逢っていなかったようですが、匠なりにおしゃれをして出かけてゆき、嬉々として帰ってきました。

一度、わが家にも、そのマユミさんを伴ってきました。

さきの稲荷山公園のすぐ隣、狭山市と入間市にまたがる航空自衛隊の入間基地で、隊員たちが曲乗り飛行などを披露する「航空祭」が催された日のことです。

わたくしは出先から戻って、玄関の沓脱《くつぬ》ぎに、赤い猫の模様のアップリケの付いたスニーカーがあるのを見て、「ああ、匠のやつ、ほんとに彼女を連れてきたんだな」とひとりごちたのを憶えています。

高校を出て上京、それからずっと今の会社につとめているとのことでしたが、まだ二十一、二歳で、やや浅黒く、目もとのぱっちりとした可愛い娘さんでした。もしや、と思ったら、案の定、沖縄県の出身で、両親や家族は那覇に住んでいるそうです。

そうと知って、居間のテーブルに彼女とならんで坐った匠のほうを見ると、小さく首を横に振っています。

「よけいなことは何も言うなよ」

ということでしょう。

ちょうど宜野湾《ぎのわん》市にある米軍の普天間《ふてんま》飛行場が名護市の辺野古《へのこ》へ移設されることをめぐって、国と県とが対立。いったん中断されていた海岸の埋め立て工事が、強行された時分のことです。わたくしとしては興味があったのですが、マユミさん自身、政治とか社会問題には無関心のようでしたし、匠もまた、一切その種の話はしません。わたくしと二人きりのときにも、匠は話題にしようとはしませんでした。

でも匠の書架には、『沖縄　憲法なき戦後』なる硬派の本が遺されていましたから、少しは気になっていたはずです。

ともあれ、航空祭のあと、二人して町のレストランで夕食をとり、そのまま駅向こうのシティホテルに泊まったそうです。一人で帰宅したとき、珍しく、にやついていて、

「おやじぃ、おれ、男になったよ」

と、Ｖサインを出してきました。マユミさんが郷里の母親に電話をして、「心を病んでる人と付き合ってる」と明かしたら、「あなたがそれで良いんなら、良いんじゃない」と応えたそうで、そんな話もこのときに聞かされました。

ただし、沖縄の両親からも言われたのでしょう、彼女は匠に、「定職について欲しい」と求めるようになったのです。

好事《こうじ》、魔多し。

まさしく魔が差した、としか言いようがありません。

せっかく順調に行っていたドラッグストアの仕事をやめて、匠はマユミさんの望むとおり、定職――正社員の口をさがしはじめました。それなのに……ここは男と女、二人の間の微妙な話なので、どうにも仕方がないのですが、どこでどうして釦をかけ違えたのか、彼女のほうから別れ話を切りだされてしまったのです。

それでも匠は何とかマユミさんを説得して、一度は交際が復活しました。

クリスマスには二人してペアリングを買いもとめ、年明けの一月半ば、匠はマユミさんと一緒に沖縄へと旅立ったのです。

三泊四日で、匠としては彼女の両親と会い、マユミさんとの結婚をみとめてもらうつもりだったようですが、彼女のほうは何を考えていたのでしょうか。往路の飛行機のなかでもほとんど口をきかず、那覇に到着してからも、久々の帰省とあって旧友の誰彼と会うのが忙しく、匠は放っておかれたようなのです。

匠はでも、守礼《しゅれい》の門のある首里《しゅり》城跡、国際通り、公設市場など、一人で眺めて歩き、彼なりに楽しんだようで、泊まったホテルからわが家にかかってきた電話の声は元気で、むしろ弾んでいるように聞こえました。

「……で、マユミさんのご両親とは会えたのか」

わたくしが訊くと、会った、との答えが返ってきました。しかし家を訪ねたのではなく、匠が宿泊中のホテルのレストランで、食事をともにしただけだったそうです。

わたくしは、同じ受話器に耳を寄せている妻に、ちょっと怪訝な顔を向けました。が、

「マユミのおやじさんに、娘を捨てたらゆるさんぞなんて、言われちまったよ」

匠の声には、まるで翳りがありません。

それがかえって、わたくしには不安に思えましたが、不幸にも的中しました。帰路は単独で羽田に到着して、わずか二週間後、

「マユミとは別れたよ」

ぼそりと匠は呟きました。

むろん、自分から別れたのではありません。「やっぱり、離れた気持ちは戻っていなかったの」と、彼女からきっぱり言われてしまったのです。「こんどは本物、固い」と記した訣別宣言とも取れるメールを、わたくしも見せてもらいましたが、そうなると、もうお手上げです。

逢おうといっても、無理難題。それどころか、ラインやツィッター、フェイスブックなどはすべてブロックされ、電話やメールはもちろん、シャットアウトされてしまいました。

匠はしばらく、毎日のようにマユミさんの社員寮のある高円寺界隈をうろついていたようですが、これまた無駄骨以外の何ものでもありません。

皮肉、はつづきます。

定職をもつことが、あちらの両親が出したマユミさんと付き合う条件でした。匠は新所沢のドラッグストアでのアルバイトをやめてから、あちこちの会社や施設に願書を出して、定職をさがしていたのです。そして、見つかりました。老人介護専門の病院勤務ですが、正規の職員として採用されたのです。

それは、マユミさんと別れた直後のことでした。捨て鉢になってもおかしくはないところですが、根が生真面目な匠は働きはじめました。けれど、それこそはパートタイマーの中年女性たちと反《そ》りが合わず、一月足らずでやめてしまうのです。

ついで、川越のアスレチックジムでの事務仕事――これも正規採用でしたが、半年で退職し、あとはあちこちのコンビニエンスストアで短期のアルバイトをして過ごしていました。

肉体的にはともかく、精神的にはとても辛い時期だったでしょう。「もう、やめた。あんなふしだらな女、追うだけの価値がない」「マユミのあそこ、ガバガバだったぜ」そうした匠の言葉はわたくしの耳に、悲痛な心の叫びのように響きました。うらはらなのです。じっさい、口汚く罵りながらも、彼は一日中ずっと、スマホを睨んでいました。昔のバイト仲間などに頼み、何とか手づるを見つけて、彼女と連絡を取ろうとしていたのです。できることなら、もう一度、縒りを戻したいと……。

妻が、現役の警察官である自分の弟に相談したのも、このころでした。そのとき義弟は、あくまで仮定の話だけどね、として、こう応えたようです。

「マユミさんが、つきまとわれて困っている、とはっきり当人に言っているのに、電話やメールをやめなければ、『つきまとい』という罪で、警察に呼びだされる……それでも、まだつづけるようなら、明らかにストーカーということで、逮捕されちまうね」

それを妻が匠に伝えたのかどうか、あるいは彼自身がこのままでは罪になると判断したのでしょうか。

マユミさんへの強い思慕の情は残っていて、未練は断ち切れなかったにちがいありませんが、秋の終わりごろから、彼女のことは口にしなくなりました。

でもマユミさんが自分から離れたのは、一つに心を病んでいると思ってのことだろう……そういう考えにとらわれてしまったようで、もう障害者枠での仕事探しはしない、と言いだしました。それどころか、

「おれは病気じゃない。少なくとも、統合失調症なんかじゃないんだ」

と告げて、一切の薬を飲まない、と宣言したのです。

結果、それまでのI病院に通うのをやめ、同じ狭山市内にある総合病院の心療内科に出向いてゆき、自分が望むとおりの医師を見つけてしまいました。じつに、「精神の病いに薬剤は不要、基本的に食餌療法で完治する」というものです。

これには、もともと薬剤師の妻も驚いてしまったようですが、匠に向かい、反対すれば、三白眼で睨み、ソファや椅子、テーブルなどを、手当たりしだいに叩いて暴れる。仕方なく、妻が医師に会い、睡眠薬や安定剤はやめても良いから、躁鬱状態や妄想を抑える薬は減量するだけにして欲しい、と頼んだそうです。

やがて、その年も暮れて、新年が来ましたが、匠はいっそう挙動不審の状態に陥り、「みんな、死ねば良い」「みんな、殺したい」と言って、しばし落ちこんだかと思うと、「おれが神になって、

新たな人類をつくりだす」とか、訳の分からないことを口走る……素人眼にも、明らかに独語症ではないか、と映るようになりました。

それでも食餌療法はやめず、わが家の食品棚には、ダイエット用の蒟蒻《こんにゃく》の袋が二十も三十も、うずたかく積みあげられる有様です。

そんなことが二月、三月とつづき、さすがに見かねて、わたくしは総合病院の心療内科に電話を入れ、匠の担当の医師と話をしたい、と申しでました。

ところが、電話口に出た看護師らしき人物は、わたくしが実の親なのかどうか不明であるとか、先生は診察中で相手ができないなどと弁じて、一方的に電話を切ってしまいました。

「これはもう、どうしようもないな。匠の薬、残ったのがあるだろう」

それをコーヒーやカレーなど、匠の口にする食品のなかに入れよう、とわたくしは提案し、妻も同意して、実行しましたが、時すでに遅かったようです。

三月半ばのある日、昼間から出かけた匠が夜半過ぎになっても家に帰ってきません。わたくしばかりか、妻にも連絡がないようなので、

「おいおい、もう終電もなくなっちまうぞ。いったい、どこへ行ったんだろう」

「さぁ。また高円寺のマユミさんの会社の寮付近を、うろうろしてなけりゃ良いんだけど」

話し合っているうちに、わたくしの携帯電話が鳴りました。匠からです。高円寺ではなく、上野にいる、とみずから言って、

「おやじ、頼む。助けてくれ」

「なんだ、おまえ、誰かに襲われでもしたのか」

「うん。いや、違う……とにかく、やばいんだ」

「だから、何がやばいのさ？」

「………」

返事がありません。仕方なく、

「これからタクシーで迎えに行こうか」

と訊きますと、

「いや、金はある。狭山まで二、三万あれば、大丈夫だろう」

自力でタクシーを拾って帰る、と応えます。

そうして二時間後には、とりあえず無事に戻ってきたのですが、服装などにかくべつ乱れた様子はなく、怪我もしていない。ただ、

「スマホはお巡《まわ》りに預けてきた」

と言うだけで、上野で何があったのか、詳しいことはまるで語りません。あとで思えば、本人も夢のなかにいるようで、その日の自分の行動をほとんど憶えていなかったのでしょう。

翌日。とにかく危険な兆候だ、再入院もやむを得ないかもしれない、と考えていた矢先、ふたたび匠は家からいなくなりました。

妻は勤めを休めず、わたくしも自室にこもって著者校正をしていたときのことで、玄関のほうで音がしたな、と気づきはしたのですが、まさか黙って出ていってしまうとは思いませんでした。

もっとも、その日は夜半前に帰宅して、

「今日も上野へ行ってきた」

と報告します。

「しかしやっぱり、やばい。おれは狙われている」

「いや、匠。それはたぶん、おまえの妄想だ。だって、おまえを狙う相手の素姓だって、分かってないんだろ」

とたん、匠の目つきが変わりました。

「いいか、おやじ。おれに命令するな。ごちゃごちゃ抜かしてると、殺すぞ」

けっこう本気で怒っています。

「殺されたくなけりゃ、家から出ていけっ」

ふーむ。こいつはしばらく退避して、いくらかでも匠が正気に返るのを待つしかない。そうと判断して、わたくしは着の身着のまま、財布とスマホのほかは何も持たずに外に出、駅向こうの酒場へ行きました。電車の始発時まで営業しているチェーン店です。

「いつでも戻る。様子を見て、連絡してくれ」

妻には耳打ちして出かけたのですが、電話がかかってきたのは、早朝五時近くになっていました。その夜、わたくしが出ていったあとも、匠は「お母さん、あんた、認知症になったな」とか、「叔母さんが怪しい。叔母さんを呼べ」など、さんざん悪態を吐いていたようですが、ふっと真顔になり、

「おやじはどうしたんだ?……おやじが消えちまったじゃないか」

騒ぎだして、妻と義妹を伴い、わたくしをさがしに外へ出たとのことでした。

結局、妻はわたくしの行方を捜索しているとの名目で、駅前の交番に駆けこみ、匠の眼を盗んで、巡査に事情を説明し、

「一緒に家まで付いてきてもらったのよ」

と言います。

わたくしが帰宅したときには、すでに何人かの警官がいて、匠を相手に、いろいろと訊いていました。その間に妻は、パソコンのネットで、緊急入院が可能な近くの精神科の病院を見つけだしました。

「匠、敵から襲われずにすむ安全なところへ行こうね」

と説いて、妻とわたくしが付き添い、タクシーで川越のO病院へと向かったのです。

そのO病院での匠に対するひどい待遇については、先生にも、事細かに話しましたよね。独房のような部屋に閉じこめられて、大暴れしたとの理由で手足ばかりか、腹部までベッドに括り付けられ、多量の鎮静剤を投与されました。それだけ拘束されれば、誰だってストレスが溜まります。食事どきなど、ちょっと解放されると、その機を突いてまた暴れ、こんどはトイレを壊してしまい、無理矢理、紙襁褓《かみおむつ》を着けさせられるのです。

普通なら面会時には、拘束帯を外してもらえるのですが、たまたま間に合わなかったのでしょう、ベッドに括り付けられたままの匠の姿を、目のあたりにしたこともあります。そのとき、わたくしはつい、匠がかつて話してくれた彼の中学時代の辛い思い出を、頭に浮かべてしまいました。

昼休み、うたた寝をしていた匠は、日ごろ仲良くしている同級生に後ろから肩を摑まれたそうです。大柄で力のある少年が「冗談だよ」と笑いながら、背後から匠の身体を羽交い締めにする。そこへ別の遊び仲間が二人やって来て、匠のズボンと、ブリーフまでも脱がしてしまう。――

じつは、この話には続きとでも申しましょうか、わたくしに言わせれば、とんでもない出来事があるのです。

今から二、三年前、ちょうど匠が駅ビル内のスーパーで「品出し」のアルバイトをしていたころだったでしょうか。抑鬱剤や睡眠剤は飲んでいましたが、もう極度に人見知りすることはなくなっていました。商品の置き場所を訊く初めての客などにも、平気で応対できる……正常になった、と自信をつけはじめた時分のことです。

なんと、SB学園大学附属中学時代の遊び仲間——つまりは匠を押さえつけて、半裸にし、その後も苛めを重ねていた者たちから、「飲みに行こう」との誘いがあったのです。匠は快諾して、指定された所沢の居酒屋に行きました。

相手は二人で、片方が匠を羽交い締めにして押さえつけていた元同級生のY、今は大手の商社の主任だか係長補佐になった、と、匠があとで言っていました。もう片方のEは匠のブリーフを脱がした旧友で、どこかの医大のインターンになっていたそうです。

初めは三人して、当たり障りのない世間話をしながら飲んでいたようですが、そのうちに酔って赤ら顔になった大柄の商社マンYが「あんなに面白かったことはないな」と、匠を押さえつけたときの話をもちだしました。「クラスの女の子たち、みんな、キャーキャー叫んで、逃げまわってたじゃん」「見ない振りして、両手で顔を隠して、指の隙間から、そっと覗いてた子もいたぜ」と、インターンのEも悪乗りしていたそうです。

家に帰ってきて、匠はわたくしに言いました。

「最初はおれも、一緒になって笑ってたんだけどよ。やっぱり、堪えられなくなってさ」

真顔になり「帰る」とだけ告げて、一人分の勘定を払い、店を出たとのことです。

「おれだったら、勘弁しないな。たとえ敵《かな》わなくても、連中の胸ぐら摑んで、殴りかかってやるぜ」

そういうときこそ、死ネとか殺スとか言えよ、と思いましたが、さすがにそれは口には出来ませんでした。

その日、匠の胸に刻印された傷には、計り知れないものがあったでしょう。癒えかけた瘡蓋《かさぶた》を剝いで、刺す。人一倍、柔らかな精神の深みに、改めてナイフを突っこまれてしまったのです。

それが二度目だとすれば、O病院での拘束は三度目の「苛め」に遭っているという気が、わたくしにはしました。

匠はほとんど意識していないようですが、屈強な男性看護師らに押さえつけられ、裸にされて、紙襁褓の着用を強いられる――同じような気分になったことは否めないでしょう。

ふとまた頭のなかに一篇、自作の詩が甦りました。私家版の詩集を取りだして、読ませていただきますね。

柚子《ゆず》の棘《とげ》

知人から柚子を貰った
ちいさな庭の一隅のちいさな菜園で採れたという
「疵《きず》だらけで、すいませんね」
「いやいや、どうも」

ぼろ靴下に果実を容れて柚子風呂もなかなか
果皮を切りきざんで
しおからにのせて
それで酒をのんだら　さぞや
美味かろうと
取りだそうとして袋に……痛《っ》っ
指の腹に血が滲んだ
柚子の枝に触れたのだ
柚子の枝には棘があったのだと
あらためて知らされる

そういえば
昆虫が好きだった
下の息子が
老母の家のちいさな庭に生える柚子の葉蔭に
揚羽の卵をみつけて　有頂天になっていたのは
いつだったか
ぽってりとした円《つぶ》らなてのひらに
「ほら、見てよ」

卵をのせて差しだした
その子もすでに中学二年
学期末の試験のために
今も起きて机に向かっている
「親父か、邪魔だ、失せろよ」
すでに午前三時　すでに
すでに西暦二千年という
〇三つぞろ目の年も暮れて
新たな年　新たな世紀
僕はすでに五十四になる
死んだ父が定年をむかえる
一年前の猶予の歳だ　あのときの
父の心を
今も僕は分からずにいる　この今の僕の心を
息子も分からずにいるのだろう
それでも何かが
父から僕へ　僕から息子へ
それでも卵は蝶になり
蝶はいっとき現し世の宙を舞って

ふたたび大地へと還るきっとまた別の卵を　柚子の葉蔭に
残して……
ふいと指を見た
何か白いものがある　そうだ棘が
刺さっているのだ　抜こうとして
やめた
新たな年　新たな世紀まで
残しておこう……

柚子には棘がある
父の定年の一つ前の歳
柚子には棘がある　そのことを
僕はあらためて知らされた

ちょうど世紀の変わり目に書いた詩です。が、そのころはまさに、下の息子——匠が、遊び仲間の同級生の苛めを堪えつづけていた時期なのですね。

わたくしは、その数年前に胃癌で亡くなった父の轍をたどる小説を書いていて、在りし日の父の心が容易に摑めない。それに焦《じ》れていたのですが、匠も同じだったかもしれないし、そういう息子に、わたくしのほうこそが、じっと眼をそそいでいるべきだったと思います。

そのころの匠に関して、わたくしには忘れがたい光景があるのです。

滅多にないことでしたが、ＳＢ学園大学の教員だったわたくしは、何かの用事で附属校の事務室へ行こうとしていました。ちょうど昼休みだったのでしょう、大勢の生徒たちが校庭で遊んでいました。匠はいないな。ふと思い、何となく頭上を仰ぎました。すると鉄筋校舎の二階だったか、三階か、匠が窓の桟に腰をおろして、下方を眺めているのです。力のない、虚ろな眼で……当然、わたくしの姿は、視野にはいっていなかったはずです。

ただそれだけのことですが、いつまでもわたくしの瞼裏に残って、離れませんでした。

あのときの匠の心。何を考えていたのか、何も考えていなかったのか。わたくしには、読めない。摑めない。当時も今も、分かりません。でも、たとえ分からなくとも、どんなに拒絶されても、せめて彼の心のなかに鬱積していたであろうものを見すえ、聞いてやるべきだった、と……諺にもあるとおり、悔いはいつも、後からやって来るものなのですね。


Ｋ先生。

Ｏ病院でのことです。

わたくしは妻と交代で始終、面会に行きましたが、そういう折りには、基本的に匠の拘束は解かれていました。ただ、一般の面会室は使わせてもらえず、部屋の中央に置かれたステンレス製の簡易ベッドに二人ならんで坐り、話をします。

「おやじぃ、実の子でもないおれを、ここまで可愛がって育ててくれて、ありがとうな」

などと、あいかわらず訳の分からないことを口走ったこともあります。頭の回路がやはり、どうかなってはいたのでしょう。

「いやぁ、おれもトラと同じで、どこかで拾われてきたんだな。そうだ、そうにちがいない」

今日は何も話したくない、帰ってくれ、といきなり拒んだ日もありましたが、わたくしのまえでは荒れたり、暴れたりはしません。妻がおとずれたときも、同様のようです。

むしろ、ふいにハグを求めてきたり、ベッドに腰かけたまま、頭をわたくしの肩に置いて、

「しばらく、こうしておいて欲しい」

と甘えたりするのです。

まるで、わたくしを「ガクしゃん」と呼んでいた幼いころの匠に返ったようでした。

拘束についてはしかし、辛い、嫌だ、と嘆きつづけ、「早く、ここから出してくれ」とせがんだものです。わたくしと妻は担当医にも、病院側にも匠の訴えを伝え、懇請しましたが、受けつけてはもらえません。

そうした事情をお話したおかげで、一月後、先生が月に二度診察に行かれるという三鷹のM病院へ転院することが出来ました。先生が言われたとおり、転院初日こそは一人きりの保護室にはいったものの、それからはオープン病棟に移り、匠は日に日に元気になっていったのです。

ご高名は知っていましたし、いくつか著作も読んだことがあるようで、匠はK先生の診察時、先生にまとわりついて、離れなかったと伺いました。一時間、二時間どころか、半日近くもそばにいて、質問攻めにしたこともあったとか。

先生にも、先生の他の患者さんにも、ご迷惑をおかけしました。

つつしんでお詫び申しあげますが、匠の質問、先生が信仰するキリスト教についてのものが多

かったそうですね。自分は神だとか言いながらも、沈着になったときには、キリスト・イエスの教えを学びたいと真剣に考えていたようですから。

　ほかにもボランティアで、牧師のような方が説教に来られていて、三鷹にそういうクリスチャン系の大学があると聞き、匠はすっかりその大学に行って、もう一度、人生をやり直す気になっていたようです。

　しかし匠に、その機はおとずれませんでした。精神のほうはだいぶ回復して、外出許可を得、外泊——わが家に一時帰宅をするまでになり、退院間近でしたのに、M病院で睡眠中、心肺停止の状態に陥り、そのまま甦ることはなかったのです。


　匠の死が確認されたのち、わたくしの脳裏に浮かびあがって、消えずにいた人物がいました。わたくしより十いくつか年上のWさんです。

　Wさんはある大手の新聞社で敏腕記者として鳴らし、やがては名だたる政治家の第一秘書をもつとめた人でした。

　でも、わたくしとは、ただの競馬友達でしかありません。年齢的にも大先輩でしたが、気さくな人柄で、ともに競馬を見物し、帰りには誘い合わせて近隣の酒場へと繰りだす間柄でした。

　競馬場帰りとなれば、当然、その日見てきたレースのあれこれが、会話の中心になりがちです。が、新聞記者上がりだけに、Wさんは興味や知識の範囲も幅ひろく、やがて、よもやま話をかわすことになります。

　何の折りだったのか、そのWさんが昔、逆縁——すなわち、ご子息を亡くしたことを話されました。それも一種の突然死だったとのことで、印象が強く、記憶には残ったのですが、はっきりとは憶えていません。正直のところ、「他人事」でしかなかったのです。

それが、そうとは言えなくなりました。細かな状況は異なりますが、おおまかな点では、匠の場合と相似しているのです。

そう何度も他人に語ってきかせるような話ではなく、Wさんとしては戸惑いもあったでしょうが、電話であらかじめ匠の急逝を伝えて、

「もう一度、詳しく息子さんのときがどうだったのか、話してはもらえませんか」

と頼み、承諾を得ました。

匠の遺体解剖があった翌日、市ヶ谷のH大での前期最終授業——試験監督役をつとめてから、新宿で京王線に乗り換え、わたくしは東府中の駅で降りました。東京（府中）競馬場の間近でしたが、平日の夕刻で、レースはおこなわれていません。競馬場へと向かう途中にミスズという名の小さな割烹があって、そこでわたくしはWさんと待ち合わせたのです。

カウンター席にならんで腰かけ、一、二杯ビールを引っかけるや、Wさんのほうから話を切りだしました。

「……詳しく、とおっしゃってましたがね、父親であるわたし自身が、いったい全体、何が起きたのか、まるで分からずにいたのです」

今でもなお訳が分からない、と言いますが、Wさんにも二人のご子息がいて、亡くなったのは長男の方のようです。

「もう二十五年ほどもまえでしたよ、うちの坊ずが死んだのは……三十三歳でした」

匠の享年と三つしか違いません。当時のWさんの年齢《とし》も、現在の私と同じくらいです。

「学生時代から芝居とか、そっちの方面が好きで、あのときも小さな劇団をつくり、演出だか何だかをしていたようです」

劇団の女優と懇《ねんご》ろになり、東京の下町にアパートをかりて、一緒に暮らしていたのですが、早朝、その相手から電話がかかってきたのだそうです。

「彼女の話ではね、明け方、ふと目が覚めて、隣を見たら坊ずが呼吸《いき》をしていない……胸に耳をあてたら、やっぱり音がしない。それで、慌てて救急車を呼んだって言うんです」

いま病院に着いたところだ、と聞いて、Wさん夫婦と次男はいそぎタクシーで、その病院に駆けつけました。

「もう、そのときは危篤だの臨終だのといった騒ぎではない……死後何時間か経っていて、面会したのは、遺体そのものなんです」

匠の場合は心肺停止ということで、一応は心臓マッサージを施されました。が、わたくしたち家族が対面したのも、遺体――そしてそれも、やはり死後だいぶ経ってからのようでした。

「……で、うちの子と同様に、行政解剖を？」

私が訊くと、Wさんは大きく顎をひき寄せましたが、

「原因不明ですよ。どこがどう悪くて、心臓が止まったのか、理由は分からないってんです」

そのまま首を横に振ります。それよりまえに風邪をひいていたとか、熱があったとか、そういう事実は皆無であり、ともに暮らしていた女優さんの話では、前夜には元気一杯で、ピンピンしていたといいます。

「…………」

黙ったままに、私は溜め息を吐きました。たしかに、似ている。心を病んでいた匠は、入院先の精神科のM病院で息を引きとり、Wさんの長男は同棲先のアパートでのことのようですが、どちらも夜間、睡眠中に逝ってしまったのです。

「辛いですねぇ」

「辛い、です」

私とWさんは眼を見かわしました。もしや日中とか夕方で、家族なり恋人、友人なり、誰かがそばにいて、異変に気づいたならば、息子らは助かったのだろうか……。

「いえ、そうとも限りませんよ」

Wさんは自分より少し年下の婦人から聞いた打ち明け話を、わたくしにしました。その婦人の末の子は、まだ十七、八歳のときに仲間たちが大勢いるなかで倒れたというのです。

「湘南の海へ、サーフィンをしに行こうとしていたバスのなかでのことだそうです」

「サーフィンを?……それくらい元気だったわけですね」

「はい。しかも水のなかでの事故ではなく、貸し切りバスで坐っていたのに、急に心臓が止まってガクンとなった」

もちろん、大騒ぎになり、ただちに救急病院に運ばれたが、どうにもならず、息を吹きかえさなかったそうです。

「事故も怖いのよね」

ほかに客がいなかったこともあって、わたくしとWさんの会話を黙って聞いていたミスズのママが、カウンター越しに口をはさみます。

「あたしの知ってる女の人、この店にもたまに見えるんだけど、いま三十六歳で、小学校三年になる娘さんが一人いるの。彼女、八年ほどまえに、旦那さんを事故で亡くしてるのよ」

「子どもが小学三年で、八年ほどまえというと？」

「その子が生まれて、五日目ですって……旦那はそのとき、三十一、二とか聞いたわ」

ママさんが眉をひそめます。事故とはいっても、交通事故ではないそうです。

「ショベルカー……ほら、土や砂を掘るギザギザの歯の付いた大きなマシーンがあるでしょ。バックフォーとか、ユンボとかとも言うらしいけど」

その女性の夫は、下水道関係の仕事をしていて、水道管工事の現場で働いている最中、たまたまショベルカーが動いて、櫛形の部分が頭上に落ちてきたらしいのです。

「そりゃあ、ひとたまりもないわなぁ」

隣でWさんが、大きく首を揺らしています。

「老朽化して、油圧が抜けてしまったのが原因だそうよ」

ママさんの話はつづきます。

「まだ二十六歳なのに、末期癌と宣告され、余命一年……両親や兄弟一同の看病介護の甲斐なく、亡くなったという娘さんの話も聞いてるわ」

わたくしやWさん、さきの二人のご婦人のように、何の前触れもなく、ふいに息子や夫を失った者たちも辛い。けれど、一年のあいだ、日に日に痩せてゆき、ついに自力では身体も動かせなくなった。そういうわが娘を看取った親は、もっと辛いかもしれません。

「どちらが辛いのかなぁ。匠なんかの場合、ほんと、涙を流す暇もないうちに逝ってしまいましたからねぇ」

グラスの底に残ったビールを飲み干して、わたくしが言いますと、

「わたしは坊ずの遺体を見た最初の日に大泣きして、その後は一度も泣いていません」

Wさんは応えました。

「でも、たまには坊ずの幼いころのことやら何やら、思いだして、泣いてやるのも良いかもしれませんな」


そうなのです。この世には、みずから望んでもいないのに、突然、理不尽にも生を断ち切られてしまう人の、なんと多いことか。

たまたま、わたくしの息子の匠が齢三十にして亡くなったので、Wさんらとのあいだでは、「若死に」といいますか、そんな話が中心になりましたが、愛する者が急に自分のまえから消えてしまう。そのことへの驚きや悲しみ、喪失感は相手の性別はもちろん、年齢も関係ないでしょう。

匠の死が確認された先週の土曜日、六日前の朝。あの場では気づきませんでしたが、あとから考えれば、あんなに早い時刻に、失礼をも顧みず、K先生のもとへお電話をしたのは、そのことがあったからのようにも思います。

もう十余年もまえのことですか、ご執筆に疲れた先生は、夜の十時ごろ、ともにリビングにおられた奥様に、「さきに寝るよ、おやすみ」と、寝室に行かれました。たしか数日後に、お二人して長崎へ旅行に出られる予定で、奥様はその準備のための繕い物をなさっていたのですよね。

午前三時ごろ、目が覚めて、先生はトイレに向かおうとしていた。そして、リビングの明かりが点いていることに気づかれました。まだ起きてるのか、と覗いてみても、奥様はいらっしゃらない。お風呂かな、と思い、行ってみると、奥様が湯舟に沈んでおられた、と……それ以上のことは、ここではもう語りません。いえ、語れません。

ただ、そのおりの先生、先生のみが知る何か。その何かに通底する感情を、わたくしも、物言わぬ骸となった匠を見た瞬間に抱いた。それが先生に、他の誰よりも早く、息子の訃報を届けたかった本当の理由だったような気がするのです。

K先生。

いま、わたくしは匠とよく一緒に来た狭山のラーメン店、ヤマキ屋で、先生もお好きな南米チリ産の赤ワインを飲んでいます。おかしな店で、五十代のマスターも、それよりだいぶ若いママもミュージシャン。ラーメン店なのに、メニューにはワインもチーズもあるのです。

そこのテーブル席で、わたくしは、匠が彼のスマホに遺していた、いろんなブログ、それをプリントしたものを読んでいます。どれも、この一、二年のあいだに書かれたもののようです。

「なんと言っても棒ノ嶺頂上の眺望！　標高９６６ｍ　絶景かな絶景かな。」

「日和田山中腹・山頂からの眺望、恋愛にご利益があると言われてる北向地蔵。」

「巾着田《きんちゃくだ》の春の風景。」

「以前名栗川《なぐりがわ》で釣った魚。カワムツ。食べられるんですよ。飯能の名栗川、水が綺麗だから。」

「五常の滝。この地域の神聖な滝。」

「飯能市・観音寺と能仁寺《のうにんじ》」

こういうのもあります。

「飯能で暮らしたいな~同じように夜空を見上げてる人が、どこかの街にきっといるはず。」

これらはすべて写真付きで、おそらくは「ぼっち登山」に出かけたおりに記したものにちがいありません。

「鳴かぬなら　放してしまえ　ホトトギス。」

この投稿には、コメントが付いています。「明智光秀のホトトギスです。明智光秀好きなので。」

「吾れ己の小人なるを知る。君子ならず、亦た善人に非ず。唯弱小のみにして、成人にも達すべからず。故に吾れ静を望むべき者なり。争いを好まず。小人故に小人たるべく生きるなり。」

漢詩が好きだった匠は、もっと長いものを書いて、私に読んできかせてくれたりもしましたが、他は捨ててしまったのでしょう。この短詩の書き下し文のみが残りました。

あとはまさに「呟き《ブログ》」です。

「傷付くこと、傷付けることを恐れた日々に、さようなら。また、やっちまうだろうけど。」

「自分が大嫌い。かまってちゃんなところ。依存心。虚栄心。無駄な自尊心。もう全部嫌い。」

これにも、コメントがあります。「そのくせ、自分が可愛くて、しょーがない。傷つきたくない。そんな自分に著しく嫌悪感を覚えます。なんで、こんな人間になったんだろう?」

「いろんな人間がいていいと思います。ミスターチルドレンの桜井さんいわく『誰の真似もするな　君は君でいい　生きる為のレシピなんてない。』ですよ。だから誰のことも否定は僕はしませんよ。あちらから拒絶されないかぎり、理解するために努力しようと思ってます。」

こうして長かったような、短かったような、匠との道連れの旅は終わりました。行こか、戻ろか、思案橋……それは、イカロスとその父ダイダロスの迷宮内の彷徨に似ていたのか、どうか。でも匠はまぎれもなく、わたくしの子として生まれ、わたくしの子として逝ったのです。唯一無二の親友でもありました。

人に色紙などへの揮毫を頼まれると、わたくしはたいてい「喜怒哀楽すべて人生」と書いたものですが、匠と過ごした三十年、とりわけて匠とともに、彼の心の病いと闘いつづけた十三年間――その「迷宮のなかの彷徨」こそは、わたくしに生きる、生きているという実感をもたらしてくれました。

もしかして「至福の時間」ですらあったのかもしれません。

K先生、今さらながらに思うのですが、ほんとうに人間って、おかしな生き物ですよね。

第五章　みち半ば

　事が起きたのは、匠の葬儀から三日目の朝だった。

　身内だけの「家族葬」ということで、一般の弔問はもとより、手向けの品々など一切お断わりしたが、話が行きわたらずに香典だの供花、お香といったものがいくつか、わが家に届けられた。それで後片付けが一段落したその朝、妻と二人、駅前の狭山茶の専門店に出向き、そうした方々への「お返し」として、煎茶セットを注文しての帰りである。

　マンションの入り口近くの路上で、顔見知りのAさんと出喰わした。近隣に住まう五十半ばの主婦だが、たがいに飼い犬を散歩中に一緒になって、挨拶したり、ときには立ち話などもしている。

　私たち家族が「犬友達」とか「犬トモ」と呼んでいる人たちの一人だった。

　匠とも、年齢《とし》の差を超えて、けっこう親しくしていた。そのAさんが遠慮がちに、妻と私のほうを向いて、

「先だって、ご夫婦、それに奥さんの妹さんと親戚の方々ですか、皆さん、黒づくめの……喪服で、この辺を歩いておられるのを見かけたんですけど」

「あれ、擦れちがったんですか。気がつきませんでしたね」

私が応える。葬儀場からの帰りみちにちがいない。

「どなたも伏し目で、うつむいていらしたから」

ゆっくりと歩いても十分とかからず、皆ちりぢりながら連なってわが家に戻った。たしか私たち夫婦が先頭にいて、私が白布に包まれた骨箱を、妻が位牌を抱えていたはずである。

何があったかは一目瞭然で、ちらと私と眼を見かわしたのち、

「あのぉ、じつは匠が……」

と、いったん妻は絶句したが、すでにして次男の死が確認されてから、十日も経過している。

不審死ではなくとも、不意なことではあったので、この間、「行政解剖」がなされたりしていたからだ。家族や葬儀場の都合、荼毘に付す霊場が混んでいたこともあった。

そんなこんなで時間が経ったぶん、妻も私もだいぶ落ち着きを取りもどしている。

妻は、匠が精神を病んで入院していたことは伏したが、心臓の発作が原因で急死したことと、死亡確認から葬儀までの経緯を順繰りに明かした。

「すると、ご主人が持ってらしたお骨は、息子さんの……」

こちらに眼を向けたAさんに、私は黙ったまま、うなずきかえす。やはりAさんは、私が匠の遺骨のはいった箱を抱えていたのを見ていたのだ。

「まさか、あのお若くて、お元気そうだった匠さんが、お亡くなりになっただなんて」

口にしたとたん、Aさんの顔からすーっと血の気が引き、小柄な身体が横に傾いた。慌てて私と妻が背後に廻り、両の肩をとらえる。そうやって二人に支えられ、しばらくAさんは眼をつぶっていたが、どうにか気を取りなおして、

「ご葬儀の直後で、いろいろとお忙しいでしょうに、申し訳ないのですが……できましたら、お線香だけでも供えさせていただけませんか」

「は、はい。まぁ即席ですが、いえに仏壇らしきものはありますけど」

ふだん使っていない奥の和室に、葬儀社の人が簡単な仏壇を拵えてくれた。黒塗りの段ボールを三段に組みあげ、最上段に骨箱を置いただけのものだが、高さ一メートル弱、横幅も同じくらいあり、けっこう頑丈で、下段には火を点した香を立てる小壺も用意されている。

「ご線香を差しあげましたら、すぐに引きあげますから……」

そこまで言われたら、否むわけにはいかない。都内に住む長男の一家はもちろん、遠方からホテル泊まりで来ていた義弟も帰ったから、部屋には私たち夫婦、そして飼い犬のカルと飼い猫のトラのほか、誰もいない。

私ら夫婦とAさんの三人は、マンション内の玄関ホールに向かい、エレベーターで三階へ。下りてすぐのわが家にはいった。

「どうぞ、奥へ」

さっそく妻が、仏壇のある畳敷きの間にAさんを案内する。

彼女は仏前に正座すると、型どおりに線香を手向け、何か短くお題目のようなものを唱えて合掌し、私と妻の待つ隣の居間へ戻ろうとした。

そのときであった。敷居ぎわでAさんが倒れたのだ。それも、ふらりとよろけるように、といった臥《ふ》せ方ではなかった。まるで根もとをそっくり斧で伐《き》られた生木が倒れるように、直角の格好でばたりと横に倒れ臥したのである。

下が畳だから良かったものの、最前たまたま行き会ったアスファルトの路上だったら、大怪我をしていただろう。打ちどころが悪かったなら、生命《いのち》に障りさえしたかもしれない。

Aさんはしかし、ほどなく立ちあがった。居間のカーペットの上に坐っている妻の側に行き、その膝をまくらに、ふたたび眼を閉じてしまう。何やら気持ちが良さそうで、子どものころの匠を彷彿とさせる寝姿だった。

じっと沈黙したままで、五分ばかりもそうしていただろうか、やがてAさんは眼を開けて、上半身を起こし、私のほうを向く。

「おやじぃ」

匠に独特の抑揚だった。とくに言葉尻に特徴がある。

「ごめんな、おれ、ずっと逆らってばかりいてよ。迷惑もいっぱいかけた」

だけどぉ、とAさんは口にする。

「おれはおやじを本当は心底、尊敬していたんだ」

嘘をつけ、と私は思ったが、茶化すことも、抗することも出来なかった。

「本当だよ。いちばんに好きだった」

こんどは素直にはいってきた。

「おやじの本、読むからよ。これからも、おれのぶんまでも生きて、もっともっと書きつづけてくれよ。頼むぜ」

これはAさんの言葉だろう、とこのころまでは、私は半信半疑でいた。妻も同じだったようだ。

「おれはまだ、あちらには行けないんだけど、今はすごく楽で、幸せな気分なんだ……だからさぁ、心配するなって。二人とも、もう泣くなよ」

言われて、よけいに涙が出てきた。それからなおも、Aさんは私と匠の間でしか分からないような話をしつづける。驚きと、何か深い悲しみにとらわれていて、私のほうは声を出すこともかなわない。

さらに、びっくりすることが起こった。

犬のカルは居間の隅のゲージに容れられているが、猫のトラは室内を自由に歩きまわっている。このときもふいに現われて、Aさんの間近を横切った。そのトラに向かって、

「そうか。おまえも連れてゆくかな」

と、彼女は言う。

「でも、駄目だ。やめておこう。みんなが淋しがるからな、おまえは生きてろ。残してゆく」

トラは匠が中学生のころ、入間川の河原で拾ってきた猫だ。アメリカン・ショートヘアの雑種らしくて尻尾が長く、まだ若くて元気な時分には、茶系の斑らの体毛が鮮やかに輝き、惚れ惚れとするくらいだったが、今はその毛並みも褪せ衰えて、見る影もない。

数年前に糖尿病と皮膚癌を併発し、余命数ヵ月と診断されていたのに、生きながらえて十六歳を超えた。人間ならば、九十前後である。

それにしてもAさん、犬ばかりか、猫も飼っていることは知っていたようだが、トラの病いのことまでは、誰も彼女に話した覚えはない。

彼女と匠との仲も、それほどのものではなかったはずだ。

そのAさんが最後に私と握手をし、ハグをしてきたとき、もはや私は驚かなかった。小柄で華

奢なAさんの握力が並みの男性以上だったのも、当然だと思った。

以前には「アメリカだのヨーロッパだのの、白人のやることだろう、気持ちわりぃぜ」とか「ホモじゃねぇんだからよ」とか言って、ハグなどしたことのなかった匠が、再入院してから、やたらと私の背や肩を抱いてくるようになった――その「内証事」がさらされたことにも、私は動じなかった。

ふしぎなことは何もない。そのときの私にとって、そこにいたのは、まぎれもなく「私の匠」だったからである。


小一時間ほどでAさんは元に戻り、帰っていったが、倒れたときとは違い、突然に我に返る、というのではなかった。

ハグをして、私の身体を離れてから、ふっと押し黙ったAさんの顔は表情をなくし、土気いろをしていて、三鷹の杏林大学附属病院の救急救命センターで最後に見た匠とそっくりだった。それが、

「ご飯を少し、いただけますか」

妻に向かって呟く。ほんのわずか、それこそ仏壇に供える程度でいい、と言うから、妻がキッチンに立ち、本当に少量、小皿に盛ってきて、手わたすと、皿を傾けてご飯を口に入れ、ごくんと嚥みこんだ。すると、Aさんの肌に徐々に血の気が甦り、土偶の面は剥がれて、当人の顔つきになった。

彼女が去ってから、

「まえまえから、霊感の強い方だとは聞いていたけど……」

妻が話してきかせる。

「お盆になると、三年前に亡くなった父親が必ず彼女のところにやってくる……だから早く家に帰ってあげなくちゃ、だなんて、犬の散歩中に言ったこともあるわ」

そんなAさんに、死んでまもない匠が憑依《ひょうい》していたのだと、妻もやはり感じていたらしい。

それを、まさか目のあたりにするとは、とも妻は洩らしたが、はるか昔、匠が幼児だったころに、何故だか、ご飯粒を怖がっていたことを私は思いだした。ほんの一時期のことだし、ただの偶然ではあろうが……また、そういうこととは別に、私には思いかえされることがあった。

山好きだった私は、日本での登山中にも数えきれないほど、遭難もしくはそれに近い騒ぎを起こしているし、海外でも何度か危うい目に遭っている。

初めて国の外をおとずれたのは半世紀もまえの学生時代、二十歳《はたち》の夏のことだ。旧ソ連から東欧、ギリシャを経てイスラエルに渡ったのだが、聖地イェルサレムで、二十数名もの死者を出した爆発事件に巻きこまれかけた。アラブ側のテロ組織の犯行だったようだが、爆弾が破裂した同じ刻限に、私はその場所を通るはずだった。それがちょっとした事情で数分ほど遅れたために、災禍をまぬがれたのだ。

後年、H大学の学術調査探検隊の一員として派遣された中国のタクラマカン砂漠では、凄まじい砂嵐に見舞われ、これも危機的状況に陥った。

いちばんにはしかし、インドでの体験だろう。

前妻と離別して、ほとんど逃避するようにして旅立ち、私はインド各地を放浪していた。みずから「人生の折り返し点」などと呼んでいたが、匠の享年より五つ上、三十五歳だった。

ウエストベンガル州の州都カルカッタ（現・コルカタ）でのことだ。日本人をはじめ、欧米からの貧乏旅行者がたむろする安宿のロビーで、私は誰かが免税店で買ってきたウォトカのような強い酒を飲み、当時の州法では合法だったガンチャ（大麻）まで吸飲していた。

便意を覚えて、椅子から立ちあがろうとしたが、腰がふらついて立てない。ほとんど床を這うようにして、トイレにたどり着いた。ひどい下痢だった。軟便どころではない、チョコレートを大量の水で溶いたような便が出た。

自分の部屋に戻るときには、壁伝いに必死に歩いた。さいわいにも、その宿では昔から知るカメラマンの友人、Yさんと同室していた。部屋に着くと、Yさんが立ってきて、

「どうしたの、ふらふらじゃないの。酒だのガンチャだの、いろいろやったんだろうけど、これは……ただ飛んでるだけじゃあないな」

「そう。全然、ハイじゃない。バッド、バッド、ベェリーバッド、トリップだ」

言いながら、私はYさんに支えてもらい、かろうじて自分のベッドへと転がりこんだ。どう言ったら良いのだろう、身体がすっぽり透明のゼラチンのなかに嵌ってしまっているようで、手も足もほとんど何の感覚もなく、周囲がぼやけ、Yさんの顔もひどく歪んで見える。

「顔が真っ赤だ。たぶん、熱があるな」

Yさんは彼のリュックから体温計を出して、ベッドに横たわっている私に手わたし、

「自分で計れるかい？」

「まぁ、何とか」

私は手にした体温計を腋の下に突っこんだ。指先がかじかみ、震えている。依然、感覚がなく、おのれの手ではないようだ。

「……もう良いだろう。出して」

Yさんが言って、手を差しのべる。彼にも、私の眼が朦朧として、すでに体温計を見ることすら出来ぬようになっているのが分かったようだ。

「あるな、やっぱり」

「どれくらい？」

「四十度を超えている。マキシマムに近い。四十……二度だ」

刹那《せつな》、私は気を失っていた。

それから丸三日間、私は意識不明でいたらしい。折り悪しく、ヒンドゥの祝日で、医者を呼ぶのが難しく、大病院に連れていけるような状態でもない。

インドでの旅行経験が豊富なYさんは、つねに日本製の強力な抗生物質を持ち歩いている。同じ宿に泊まっていた日本人仲間とも話し合い、「とりあえず、それを嚥ませて様子を見よう」ということになったそうで、流動食のようなものを食べさせてもらい、トイレへも彼に連れて行ってもらったようだ。

私はその間、何も考えなかった。

老いた父が末期の胃癌で、いつどうなるか分からない状態だったことや、別れ話を切りだした直後、電車の近づいてくる線路にうずくまり、「お願い、死なせて。止めないで」と叫んでいた前妻のこと。日に日に大きくなっていた現在の妻のお腹の子のことなど、それまでは頭に浮かべぬ日のなかった事柄……日本に残してきた煩雑な問題には、一切とらわれず、光の雲に乗って、ふわりふわりと浮遊していた。

雲か、波か、いや、光の海とも言えるほどに、あたり一面、光の氾濫で眩《まばゆ》く、あちらからもこちらからも濃淡の光線が差しこんできている。そのうちに、ことさら眩い光の塊が見えてきて、そこへ行くには陸橋のような、トンネルのような、ある種の通路を渡っていかねばならない。

私の乗った光の雲も、その塊のほうに流され、吸いこまれていこうとしている。あまりの心地の好さに、ふわぁっとそちらへ向かいかけたとき、突然、

「こいつ、死ぬぞ」

という声が耳もとに響いた。あるいは「やっぱり医者に診せなければ」とか、「このまま放っておいたら、やばい」など、何らかの言葉が、そのまえにあったのかもしれない。私は暗い部屋のベッドに寝かされていた。Yさんばかりか、同宿した他の仲間たちが皆、そのベッドを囲んでいて、なかの一人が呟いたのだ。

死ぬって……いったい、誰がさ？

思ったとたんに、光が消えた。私の身をつつみこんでいた、おびただしい光のすべてが失せて、同時に、私は蘇生したのだった。

どうやら私はアミーバ赤痢に罹《かか》ってしまったらしく、あとで聞けば、半日おきに抗生物質を一粒ずつ嚥んで、そのつど一度ずつ熱が下がり、四日後には平熱に戻ったようだが、いまだにそれが信じられない。

四十二度もの高熱を発して、医師の診断をあおぐことも出来ず、三日三晩、意識を失い、死地

をさまよっていた。そんな私がどうして今なお生きていて、精神科とはいえ、歴とした病院のベッドに寝ていて、「まもなく退院だ」と、前夜の七夕の飾り付けで誰よりはしゃいでいたという匠が急死したのか。

理不尽だという思いとともに、べつの考えも頭をよぎる。

匠もきっと、光の雲間をふわり、ふわりと心地好く漂っているのではないか。犬トモの主婦、Aさんの口をかりて、

「今は楽で、幸せな気分なんだ」

と告げたのが、その証しだと思われてならない。

それとも私は過去の自分の臨死の体験にかこつけて、匠もまた、そうであって欲しい、と願っているだけなのだろうか。——

おやじぃ。楽しいことも、いっぱいあったよな。小さいころには、よく府中の競馬場へ連れていってくれたじゃないか。

帰りには必ず屋台の焼鳥屋に立ち寄ってさ、おやじは酒飲んで、おれには焼き鳥だのおでんだの、腹一杯、喰わせてくれた。そのあと、スーパーのヨーカ堂に立ち寄って、ウルトラマンの怪獣人形を買ってくれるんだ。競馬に勝っても負けても、その約束だけは守ってくれたよな。

そうだ、あれも競馬場の帰りだったかな、おれが小学校の二、三年のときだ。

その日はおやじ、競馬で儲けたらしくて、いつもよりちょっと高そうなお好み焼き屋にはいったじゃないか。今日は遠慮するな、上肉でもミックスでも、どんどん喰えって、ふんぞりかえっ

ていたろ。その声が隣のテーブルの客に聞こえて、幼な心におれ、「やばいっ」と思った。おやじが調子に乗って、でかい声出すから、文句を言いに来るんじゃないかってね、内心びくついていたのさ。

そしたら、隣の客がほんとに立ちあがるじゃないか。

でも、相手はおやじよりいくつか年下くらいの、人の善げな小父さんで、その陰に隠れるようにして、奥さんらしい小母さんも立っていた。そして小父さん、おずおずと言うじゃないの、わたしたち夫婦して先生の愛読者でファンですって……助かった、というより、おれはたまげたね。お好み焼き屋の隣のテーブルに、そんな人がいただなんてね。

もっとも、おれにもさ、おやじが少しは世間に名の通った物書きだってことは分かっていたよ。小説も書いていたし、旅行記が売れていたろ。それに、コメンテーターとして、よくテレビやラジオにも出ていたからね。本はともかく、面《めん》は知られていたってわけさ。

それで隣客の夫婦者は、持っていた手帳とペンを差しだして、おやじにサインをしてくれって頼んだ。うなずくと、おやじ、もともと上機嫌だったこともあって、すらすらすらすら格好つけて、自分の名前を書いたじゃないか。

そのうち、それを見ていた他の客やら、店の主人までが騒ぎだして、従業員にコンビニまで走らせて色紙を買って来させてさ、本格的なサイン会みたいになっちまった。

じつのところは息子のおれも、ちょっとは鼻が高かったんだけどさ、みんなに向かって言ってやったんだ。「こうやって外では偉そうにしてるけど、家へ帰れば、ただの駄目おやじ」ってね。

店にいた人たちは大笑いして、拍手喝采……こいつっとかって、おれの頭をこづきながら、おやじも愉しそうに笑っていたっけね。

小学校の高学年や中学生になると、おれも人並みに反抗期だったのかな、もう親なんかと歩いていると恥ずかしいからさ、どこへも付いていかなかったけど、中学受験のときだけ、おやじに付き合ってもらった。

試験のあいだも待っててもらって……何となくさ、心強かったんだ。一応、慶応出てるもんな、おやじ。まぁ、言ってみれば、一種の「お守り」だったんだな、おやじ自身がさ。

おかげで明治学院大の附属中とか、大成中とか、受けた学校はたいてい受かって、SB学園大の附属中学は厳しかったんだけど、第三次合格者にえらばれてさ、結局、SB中にはいったんだよね。

そのあと、おやじが同じ系列のSB学園大学の客員教授になって、どういうのか、よけいに反撥したくなってさ、家でもほとんど口をきいたことがなかったけど、夏休みの宿題で幕末のことを書くことになって、二人して横浜の「開港記念会館」へ行ったじゃないか。

あのとき、おれは狭山から通しで買った電車の切符なくしちまって、「どうしよう」と、おやじに言ったら、「まかしとけ」って……横浜の桜木町駅で、こうこういう事情で、わたしは乗車券をなくしましたとかって、上手いこと、まくしたててさ。たぶん、相手の駅員は呆れたんだろうよ。どうぞ、通って下さいって、フリーでパスしたじゃないか。

まぁ、ちゃんと切符は買ったわけだから、べつに悪いことしたわけじゃないんだしさ、おれは何だか、おやじを見直したね、感心したよ。

それから記念会館にはいって、館内でのことはどうでも良いんだけど、出てからすぐに近くの公園へ行って、少し休んだよね。角っこに小さな店があって、そこでアイスクリームを売っていた。おれが喰いたいと言ったら、一個だけ買ってきて、おれに渡したろ。

おやじぃ、あのころ、ダイエットでもしてたんかい、「わたしは要らん」と言いながら、じっとおれが喰うのを見つめてさ、「一口だけ舐めさせろ」って……バカ抜かせ。喰いたきゃ、自分で買って来いよって、おれ。いや、まるまる一つは喰えぬって、おやじ。いかにも羨ましそうにしてたよな。

子どもじゃねぇんだからよ。そうは思ったけどさ、おれは、あんなおやじが大好きだったよ。


葬儀の日から二十日が過ぎた。

その間、私はH大学の最終授業をこなし、日本文藝家協会と日本ペンクラブの二つの理事会にも出席。七年前の東日本大震災のおりに対応にあたった元首相とともに、脱原発の会の会合を主催もした。

歴史小説『行基』を連載中の月刊誌「大法輪」の担当編集者は、事情を知って、

「一、二回休まれても、結構ですよ」

と言ってくれたが、締切り直前でもあったし、あえて執筆した。

妻は妻で、パートで勤めている調剤薬局を一度も休まなかったようだ。

休んだら、日々の歩みを止めたら、かえって辛くなり、たちまちに挫けてしまう……暗黙のうちに、私たちは同じことを考えていたらしい。

逆に言えば、そのぶん当初の私と妻は、気が張っていたのでもあろう。時が経つにしたがい、

さすがにそれも緩みつつある。身内のみの家族葬にしたこともあって、葬儀の前後には親しい友人知己にも次男の訃報を告げずにいたのに、徐々にSNSへの投稿癖が戻ってきた。

「今夏、愛息が空の彼方へ旅立ちました」

といった投稿を、フェイスブックにしたのである。婉曲に、しかし分かる人には分かるかたちで、私は匠の急逝を伝えたのだ。

何人かの弔問メールが返ってきたが、なかで、びっくりしたのは、小学六年のときの匠の受験友達からメッセージが届いたことだった。

「突然のメッセージで失礼します。

私は東京都練馬区に在住のT・Yと申します。

私は現在三十一歳ですが、小学生の時に通っていた狭山市内の学習塾で、同じクラスで仲良くさせていただいていたのが、ご子息の匠くんでした。

当時は塾で会う度に匠くんとたくさんの会話をして、楽しい日々を過ごしていました。

匠くんのユーモア溢れるトークに、すごく魅力を感じていたことを今でも鮮明に覚えています。

授業中はもちろん、食事の休憩や、夏の合宿、匠くんの住んでいたマンションまでの帰り道でも、たくさんの話をしました。

そのときにお父様が作家をされていると言っていて『岳真也』様の名前で本を出されているということを教えてくれ、今ふとそのことを思い出して調べさせていただいた次第です。

本当に突然で申し訳ございません。

匠くんが最近亡くなってしまったということをお父様の投稿で知り、見過ごす訳にはいかず、メッセージを送ってしまいました。

当時から、匠くんはお父様のことをよく話されていましたので、とても自慢のお父様だったのだと思います。

頭の中の整理が出来ておらず、取り留めのない文章で申し訳ございません。

夜遅くに失礼致しました」

私はＴ・Ｙさんに、短い返信を出した。

「有難いメッセージで目頭が熱くなりました。今後ともよろしくお願いします」

すぐにＴ・Ｙさんからの再信が届いた。

「返信ありがとうございます！

塾であれだけ仲良く過ごしたのに、それからの繋がりをきちんと作れなかった自分を猛省しています。

未だに信じられていないのも事実です。

ただ、こうしてお父様と繋がりを持つことができたことを大切にしたいと思います。

こちらこそ、よろしくお願い致します」

さらに一週間が過ぎ、八月五日。年に一度の「七夕祭」の日がやってきた。

幼いころの匠と、「行こか、戻ろか」という客引きの声に惹かれ、小屋掛けのお化け屋敷にはいった花火大会の日である。

午後遅く、長男夫婦と生後五ヵ月余になる孫娘が泊まりがけで遊びに来た。葬儀の後始末はおおかた済んでいたが、ほどなく「四十九日」の法要もせねばならず、長男とは、その打ち合わせもしておく必要があった。

夕刻、晩酌をし、食事をとりながら、簡単に段取りを話し合う。法事の場所は自宅で、日時は八月十九日の午前十一時。導師は葬儀と同じ最寄りの古刹・徳林寺《とくりんじ》の副住職。事後に皆で駅前の料理店にて会食、などといったことどもである。

だいたい決めてから、妻はそれらの報告をしに真向かいのマンションに住む義妹のもとへ行き、嫁はぐずりだした孫娘を抱いて、一家のために用意された客間へと去った。長男と二人、居間に残った私は、改めて彼のグラスにビールをついで、

「しかし、おまえ、最後に面会に行って、打ち解けることが出来て、良かったな」

私は言った。

「ああ、匠が亡くなる、ちょうど一週間前か。たまたま空いていたんだ、おれ。あんときは何も感じなかったけどさ、あとになって、ああいうのを虫の知らせっていうのかなぁと思ったよ」

と、長男も応える。

「それにしても、子どものころはあんなにも仲が良かったのに、おまえと匠、いつのまにかギクシャクしちまって……どうしてだったんだろうなぁ」

「…………」

長男は黙っている。が、かすかに眉をひそめた。そうと気づいて、言わずにいようとしたが、

「ずいぶんまえに、匠が話したんだけどな」

少しばかり私も酔っていて、その勢いをかりるようにして口にしていた。詳しいことは記憶に

ないが、長男が高校生で、匠が中学生だったときのことだ。親戚に用事があって、私と妻が一緒に出かけ、丸一日留守にしていた。

「その朝、おまえ、友達を家に招んでさ、匠に向かい、今日は自分の部屋から一歩も出るなって命令したんだって？」

　匠からは長男の女友達だったと聞いたような気もするが、定かではないし、いつ嫁が戻ってくるやも知れず、そういうことまでは訊けない。

「妄想だろう、それは匠の」

　即座に長男は言った。自分としては憶えていないし、もし本当に命じたのならば、匠は食事もできず、トイレにも行かれない。

「そんなバカなこと、おれが言うはずもないし、匠だって、言われたとおりにするはずがないじゃないか」

「……なるほどな」

　と応じて、私はその件は打ち切りにし、孫のことに話題を変えた。

「ここへ来て、ようやく女の子らしくなったな」

　生まれた直後はまさに赤ん坊、真っ赤な顔に皺だらけで、男女の区別もつかなかった。

「……ガッツ石松みたいだったものな」

　と、かつて人気者だったボクサー上がりのタレントの名を出してしまう。ちょっとまた言いすぎたか、と私は口もとを押さえたが、同感だったと見えて、長男は普通に笑っている。

「いまは目鼻も丸く、優しくなったしな」

前髪を剪り揃えたおかっぱ頭で、紛うかたなき女児である。ただ、赤子のころの匠とよく似ている、と思ったが、これは口にはしなかった。

食後に、私一人がさきに家を出た。市の中心部を流れる入間川の河畔で花火が打ちあげられるのは、午後八時。それから半時間ほども断続的につづくのだが、見物するに最適の場所というのがある。

家の近くでは、一直線に入間川へと向かう長い坂の両側が、そうだった。

坂の頂き、左手に徳林寺と同じく、曹洞宗の古刹の慈眼寺《じげんじ》が建ち、その脇を下ったあたりに周囲五、六メートルの空き地がある。一応、馬蹄形の囲いなどが作られていて、秩父の山並みを見はるかす展望台になっているのだが、ここ数年、私は七夕の花火もたいてい、そこで見るようになった。

いまも長男の家族のために、席取りをすべく、早めにたどり着いたのだ。大丈夫、二人や三人くらいのスペースならば、楽に取っておける……スマホを取りだし、長男の携帯に電話をかけようとして、ふいと道路の右手、反対側に眼をやった。

そちらには車道より二メートルほど高く、断崖状の遊歩道がしつらえられていて、花火大会のときには、そちらにも大変な人だかりが出来る。

その人群れのなかに、一人ぽつねんと立っている匠の姿を見つけたのは、いつのことだったろう。高校を中途でやめた直後のころだったろうか。

一緒に「お化け屋敷」にはいったあと、彼が小学校の低学年の時分には、いくどか連れ立ってタコ焼きを買いに行ったり、金魚掬いや籤引きなどをした憶えがある。だが、まさにＴ・Ｙくんが塾友達だった小学五、六年から中学、高校時代にかけては、お祭どころか、近所のスーパーにさえ、二人で行ったことはない。

そのときも私自身、一人きりでいたのだが、とても近寄って声をかける雰囲気ではなかった。夜目ではあったものの、何か、とてつもなく淋しそうで、思い詰めた顔をしているように見えたのだ。

私がかけるよりまえに、長男から電話がかかってきた。すぐに来る、とは言ったが、何となく歯切れがわるい。

「……どうした?」

と訊くと、娘が眠たそうだ、と言う。それでも、とにかく駆けつけると聞いて、待っていた。まもなく長男の一家三人が姿を現わしたが、孫は母親に抱かれていて、その胸に顔を埋め、すやすやと気持ちよさそうに眠っている。

「せっかく、初めての花火を見せてやりたかったのに……」

ほとんど同時に呟き、長男夫婦は顔を見合わせた。

どーん。地を揺るがす音が鳴り響いて、花火の打ち上げがはじまった。気を取り直したように、若い夫婦はめくるめく花火の耀く夜空を見あげる。が、その瞬間、私はそちらではなく、振りかえり、反対側の遊歩道に眼をやっていた。

人だかりは出来ていたが、むろん、そこに匠の姿はなかった。

おやじぃ、本当にあのころ、おれは独りぼっちだったよ。

Ｔ・Ｙくんか。彼からフェイスブックで、おやじあてにメッセージが届いたって。懐かしいな、おれも憶えているよ。彼とかと付き合っていたころのおれが、ある意味、いちばん耀いていたような気がする。勉強も、まずまず出来たしな。

それが、進学校になんか行ったおかげで、変わっちまったよ。だって、みんな、受験という競争に勝って、這いあがってきた連中ばかりだろ……おれより成績が上で、せいぜいが同程度さ。うっかりしてると、たちまち最下位に落ちちまう。

じっさいに何度か、そんなふうになったしな、あんな学校で真実、友達といえるような友達ができるわけもないさ。何とか中学までは我慢して、高校は一年足らずでやめちまったけど、その後しばらくは誰とも連絡をとらず、一日中、家のなかに閉じこもっていた。そういうおれに、おやじはネパールからの留学生、バッタライ・ナビンさんを引き合わせたんだ。

ＳＢ学園大学の学生で、自分のゼミのゼミ長が待ってるとかって、おやじ、半ば強引におれを、彼の待つネパール料理店に連れていったんだよな。でも、ナビンさん、「やぁ、きみが匠くんか」って、流暢な日本語で挨拶してきてな。直感的におれ、こいつ善いやつじゃん、友達になれそうって思ったよ。

背丈がなくて、おれより十センチも低い。百六十センチを切ってるだろ。ずんぐりした小太りの体型で、目鼻立ちはキリッとしてるけど、顔は黒い。おれからすると、何のコンプレックスも感じないしさ、しかも年齢は八つも上だ。気楽に付き合えるって気がしたね、ほんと。

それからは、おれとおやじとナビンさんの三人して、けっこう、あちこちへ出かけたよね。最初のころは狭山の近辺ばかりだったけど、知り合った翌年の春、おやじの取材に付いていく格好で、京都、大阪から九州の長崎や大分まで一週間くらいかけて一緒に旅行したんだ。ちょうどおやじぃ、福沢諭吉の伝記小説を書こうとしていて、その舞台となる場所をたどる旅だったんだろ。

諭吉の父親がつとめていた豊前中津《ぶぜんなかつ》藩の蔵屋敷があった大阪の堂島、諭吉が弟子入りした緒方洪庵の適《てき》塾……おやじの親友の友禅職人、テッちゃんの家が京都の西院ってところにあって、みんなして泊まってさ、そこを拠点に歩きまわった。

金閣寺だの銀閣寺、清水寺とかって、観光の名所にも行ったよね。ナビンさんたら、すごい人なつこいからさ、どこへ行っても、誰にでも気易く声をかける。相手が若くて綺麗な女の子でも、全然物怖じしないんだ。「一緒に記念の写真を撮りましょうよ」とかってさ……あとでプリントして見てみると、どれもこれも、おれは一人うつむいててさ、まともに写ってる写真は一枚もなかったよ。

九州では、諭吉が最初に勉強した長崎と、彼の生まれ故郷の豊前中津、大分や別府にも行ったよね。

ナビンさんって、けっして剽軽じゃないのに、笑わせようとしないで笑わせてくれる……面白いキャラクターだったな。博多かどこかの立ち喰いうどんの店で、カウンターにおいてあった唐辛子の瓶を手に取って中身が全部なくなるくらい、辛子をうどんにかけてさ、他の客はみんな驚いてたけど、平気な顔してたじゃないか。

そうかと思えば、町の公衆トイレにはいったまま、一時間近く出てこないで、おれとおやじを心配させたり……ただの便秘だったみたいだけど。別府の温泉では、タオルを巻いたまま湯に浸かってるから、「駄目だよ」っていくら注意しても、頑固に取ろうとしなかったよね。

長崎ではおれ、二人にひどく迷惑もかけたよね。子どものころからの持病の小児喘息が出て、宿の近くの病院で点滴してもらったじゃないの。だいぶ重症で、三時間も四時間もかかったんだけど、おやじもナビンさんも、待合室でずっと待っていてくれた。どこへも行かず、食事もとらずにね。

恥ずかしいから、お礼は言わなかったけど、おれ、とっても嬉しかったし、感謝したよ。

楽しかった思い出といえば、もう一つ。

十年前の夏、おれが二十歳で、おやじが六十……成人と還暦の記念とかって、ナビンさんのほかに、元自衛隊員のミノちゃんとカタちゃん、二人ともおやじの飲み仲間だけど、計五人で富士山に登ったことだね。

五合目まではカタちゃんの車で行って、あとは足で登ったんだけど、愉快だったのは、八合目だかの山小屋でのことさ。翌朝は早くに起きて日の出を拝むんだからって、みんなして夕食のカレー喰ったあと、すぐに寝床についたじゃない。

蚕棚みたいなベッドで、頭《かしら》をならべてさ、雑魚寝《ざこね》してたんだけど、夜中に突然、小屋の人が飛びこんできて、「ナビアンさんと同行してきてる方、いらっしゃいますかぁ」って、叫んでまわった。隣同士だったおれとおやじは目を覚まして、はてと首をかしげ合ったよね。

「ナビアン？……可愛い名前だ、金髪の美少女じゃないの」半ば真面目におやじ、そう呟いてたけど、「たぶん、ナビンだよ、ナビンさんに何かあったんだ」おれが言って、二人して一階下の事務所だか管理室だかに下りていったよね。

そしたら、ナビンさんが医療ベッドに一人寝かされていて、真っ青な顔してさ、荒い息を吐いてる……どうやら高山病にやられたみたいだって小屋の人が教えてくれて、ボンベで一所懸命、酸素吸入してさ、何とか元に戻ったんだ。

その間に、ほかの二人も下りてきて、「山国ネパールのナビンが高山病だなんて、おかしいよな」って、笑ったじゃないの。

そのときには、もうナビンさんも元気になっていて、でも何が起こったのか、分からない、きょとんとした顔をしていてさ、それがまた、おかしくて、残りの四人して大笑いしたよね。

翌朝には、そのナビンさんも人一倍はりきって頂上をめざしてさ、「日本最高峰富士山頂」って書いてある道標のまえで、彼とおれ、おやじの三人で記念写真を撮ったよね。あの一枚は、おれの宝だ。何とも言えない達成感、充実感が顔の表情に出ていると思うよ。

少なくとも、おれの人生では最高の壮挙だったね。

八月八日。匠が急逝してから丸一月——初の月命日だったが、いつもより少し丁寧に香を手向けた程度で、特別に何もするでもなく、夕刻、私は一人、赤坂へと出向いていった。

この春ごろに私は、辛口の政治経済批評で知られる評論家のSさん、そしてインターネット関連企業の最大手G社の元日本支社長で、現在は新会社を立ちあげたTさんと、日刊紙やSNSを通じて知り合った。

それぞれ学部こそ違うが、同じ大学の出身で、Sさんは私の先輩、Tさんは後輩に当たっていた。

そういうことにくわえて、時事や社会問題に関して、意見が近い。ずっと親近感を覚えていた

のだが、当初は手紙やネット、せいぜいが電話ぐらいでしか、たがいにやりとりをしていなかった。それが、

「ぜひ一度、お会いしましょうよ」

誰からともなく言いだして、何となく末広がりで切りの良い、この日に三人で会おうと決めていたのだ。

とりあえず「八八会」と名づけたのだが、私のみが二人と初対面で、SさんとTさんはすでにいくどか会っていて、顔見知りらしい。

約束の六時半に間に合うように、六時ちょっと過ぎには地下鉄の赤坂の駅に着いていた。しかしネットでしらべ、地図まで持ってきたにも拘わらず、Tさんが予約したという店が見つからない。飲食店が軒をつらねる繁華街を半刻ほども往ったり来たりしているうちに、ようやく探しだした。

中型のシティホテルの地下にあり、道に面した表側には看板を出していない。ホテルの脇の通路を進んだ奥に小さな看板が出ていて、行き止まりの階段を下りたところが店の入り口だった。

常連ばかりの店と知れたが、十分ほど遅れて、私が店のドアを押し、なかにはいったときには、満杯だった。もっとも、七、八人しか坐れないコの字形のカウンターと、テーブル席が三つほどの小さな酒場である。

そのうちの真ん中の席に、テレビのワイド番組などでときおり見かけるSさんの姿があった。先方も同様だったようで、私に気づくと、

「おっと、文壇のならず者、ようやく来たか」

と、声をかけてくる。

「初めてお会いしたにしては、ずいぶんなお言葉ですね」

と言いかえしはしたが、それが辛口Sさんの上手な人心掌握術なのだろう。すぐに打ち解けて、Tさんもまじえ、ビールやウイスキーのグラスを片手に、時の政局やら何やらを屈託なく語り合った。

そうこうするうちに、店の客は一人減り、二人減りして、十時を過ぎたころには、私たち三人だけになった。それと見て、

「どうです、Tさん」

店のマスターがTさんに誘いかけた。

「ふだんはやらないんですがね、貸し切りやお客さんが一組のみに限定されたときには、カラオケセットも用意できるんですよ」

ちょうど話題も尽きた頃合いである、

「カラオケ、行ってみますか」

と言うTさんに、Sさん、私もうなずいて、即席のようだがそれなりに本格的なカラオケセットがしつらえられた。

まずは誘い水のTさんが沢田研二の『勝手にしやがれ』を唄い、ついでSさんが小林旭の『蒙古放浪歌』を唄った。

三番目の私が、何で躊躇《ためら》いもなしに、さだまさし（グレープ）の『精霊流し』を唄ってしまったのか、自分でもよく分からない。

〽去年のあなたの想い出が
テープレコーダーからこぼれています……

出だしは、ふつうに声が出た。ところが、しだいに胸が詰まってきて、

〽せんこう花火が見えますか
空の上から……

ここでふいに涙が出て、つづけられなくなった。

「おいおい、どうした?」

と、Sさんが軽く肩を叩いてくる。

「いや、じつは今日は、亡くなった次男の初の月命日なんです」

ついに打ち明けて、私は二人に事情を話した。聞いているうちに、SさんもTさんもみるみる眼を潤ませて、カラオケどころではなくなってしまった。

「おそらくは、いちばん辛いのは奥さんだ。奥さんを大事にしてやりなさいよ」

涙声でSさんが言い、Tさんも真顔で、

「これも何かの縁だ。今日からは、ぼくのことを息子さんだと思って下さい」

「えっ、Tさん、あなた、おいくつですか」

「ちょうど六十歳……還暦です」

「死んだ息子の倍じゃないですか」

「だから、亡くなった次男さんが二人いると思って……」

なんと、まぁ。世界一のインターネット企業G社の元支社長ともあろう人が、おかしなことを……私は口を開けて、笑った。笑っているうちに、また涙が出た。


おやじぃ、あんたはさぁ、ナビンさんが欠けたから、おれたち三人の関係が崩れたとか、おれがまた、独りぼっちになったように言っていたけどね。

ナビンさんが故国に帰省中、大怪我をするよりまえに、おれと彼の間柄は少しずつ冷めていたんだよ。ナビンさんが大学院を出て、大手中華料理店のチェーンに就職してさ、同郷のネパールから嫁さんをもらったじゃないか。

ラクシュミーさんね、あの人とはおれ、あんまり相性が良くなかった。だってさ、見知らぬ国に来て、まわり中、見知らぬ人ばかりで、不安だったのは分かるよ。でも、おやじの使いで、おれが酒を飲みに行こうってナビンさんを誘いに行くだろ、そうすると子どもみたいに騒いで、泣きわめくんだよ。おれより年上だっていうのにさ……仕方ないから、おれとナビンさんが相談して、ラクシュミーさんも連れていってやる、と言う。

すると首を揺すり、嫌だって、もっと大泣きするじゃないの。

仕方なくナビンさんもおれも、遊びに行くのをあきらめるんだけど、そんなことがつづいてさ、正直おれは、彼女が苦手だったね。そのラクシュミーさんとナビンさんの二人が、結婚して三年目だかに、ネパールで一番のお祭りがあるとかで、帰郷したわけだ。

いったん帰国したあと、ナビンさん、日本に戻ったも何も、まるで連絡が来ないから、変だなと思っていたら、おやじの教え子だった同じネパール人の留学生から、聞かされたんだよね。二人があちらで交通事故に遭った……オートバイの後ろに乗っていたラクシュミーさんは軽傷ですんだけど、運転していたナビンさんは人事不省で、「どうなるか分からない」ってね。

でも奇跡的にナビンさんは助かって、ふたたび日本にやってきた。まもなくラクシュミーさんも戻ってきたけど、赤ん坊を連れていたじゃないか。大怪我をして、ナビンさんはずっと入院していたんだろ……何だか、おかしいよね。

まぁ、他人のことは良いさ。困ったのは、脳をちょっと損傷したとかで、ナビンさんの言うことがときどき支離滅裂になって、付き合いきれなくなっちまったことだよ。こんなこと、おれが言うのも噴飯《ふんぱん》ものかもしれないけどね。

とにかく、ナビンさんは昔のナビンさんではない。おれも昔のおれではない……そうだよ、おやじぃ、おれは脱皮しようと思ったんだ。おやじの好きな福沢諭吉じゃないけどさ、独立自尊な。新たな世界へ旅立ってゆこうとしたのさ、一人で、一人きりでね。

まずは、ビラ配りとかトイレ掃除とかで、小手試《こてだめ》し。

それから本格的に、近所のスーパーでの「品出し」の仕事をはじめたんだ。最初はまずまず順調にいってたんだけど、同じ精神を病んだ仲間の先輩と折り合いがわるくなって、やめちまった。なんかさ、相手のちょっとした叱責や悪口、皮肉なんかでも、おれ、聞き逃せないんだよね。

だからこそ、病気なのかもしれないけどさ。

そのあと、おれは新所沢のドラッグストアに就職して、これは店長が善いやつだったし、店員みんなとウマがあってさ。半年あまりもつづいたんだけど、その間におれ、合コンでさ、沖縄出身のマユミと知り合ったんだよね。

おやじも、お母さんと付き合いだして、だいぶ経ってから、お母さんの父親が自分の苦手な警察官だって知ったんだろ。おれもさぁ、わざと沖縄の女の子をえらんだわけじゃない、たまたまだったのさ。

辺野古《へのこ》だの何だの、いろいろと問題が起こってるのは知っていたけどさ、マユミが狭山のおれんち来たとき、おやじたちが彼女を特別視したり、何か面倒なことを訊いたりしなかったのは良かった、ありがたかったよ。

おやじも知ってのとおり、彼女とは上手くいってたんだ。でもさ、「結婚は正社員になることが第一の条件よ」なんて言うもんだから、せっかくのストアも辞めて、こんどは老人介護の施設の常勤になった。

ところが、老人たちの世話をやいてる小母ちゃん従業員が、陰でひどいことを言ってるのを聞いちまって……だってさ、おやじ、「あの爺ぃはスケベだ」とか、「すぐにさわってくる」とか、ろくな話しないんだぜ。もう、やめるしかないだろ。

それからはアスレチックジムの雑用だの、コンビニの臨時雇いだの、バイト先を転々と変えざるを得なくなっちまった。

一方で、那覇へ行って、ご両親に挨拶もしたというのに、当のマユミには振られちまってさ。あのころのおれは本当にヘロヘロ……辛かったぜ。

初めての月命日で、Sさんや T さんと飲んでまもなく、塾友達の T・Yさんにつづいて、こんどは匠の中学三年時のクラス担当だった女性教師が、お悔やみの手紙とともに、彼が遺した卒業記念の論文と作文のコピーを送ってくれた。

彼女もどこかで、元教え子の訃報を知ったらしい。

「さすがは小説家のお父様の影響」とか「他のクラスメートには書けないテーマ」といった言葉が手紙のなかに散見されたが、三十数枚におよぶ論文は「日本の戦争」と題されたもので、西郷隆盛らの起こした西南戦争、それと日清・日露の両戦争について論評したものだ。

中学生にこんな長い論文を書かせるだなんて、やはり破格、奇妙な学校だなぁ……思いながらも、読んでみると、案外に面白い。よく調べて書いているし、独自の視点と発想が随所に見られた。文章・文体も、相応にしっかりしている。

かたや、もう半ば学校をやめたい気分でいるときに書かれた作文のようで、太宰治ばりの厭世観が露わに出ている。その点は首をかしげさせられもするけれど、親の贔屓目《ひいきめ》を差し引いても、たしかに感性の面では中学生のレベルを超えている。

「SB中学校と人生」というタイトルだ。

「SB中学校でのことは、いずれ忘却の彼方に消えてしまうだろう、ふり返ることはない、俺は未来しか見ない。でも、未来も信じられない。俺は危険人物だからだ。たぶん、人間のクズとは、俺のことだろう。

俺はよく先生を影で非難するが、自分はそんな大した人物ではない。それだけの人格を持っていない。

本当に教師という仕事は、損ばかりだ。先生達を影で非難しながら、先生達が、ときどき可哀想になる。俺みたいなクズに非難されて、可哀想に。俺は、生徒に嫌われ、陰口を叩かれるのは堪えられないから、教師は無理だ。

人間の生きる意味とは、何なのか。勉強することか?立派な職業なのか?子孫を残すことか?恋愛して、結婚して、マッチ箱のような家を建て、少子化の渦に飲まれて一人、二人の子供をつくることか。答えは、誰にも分からない。

俺の幸せな人生の理想とは、牧師かお坊さんになり、教会か寺院を建て、アーメンとか、ナムアミダブツとか言って、東北地方とかで、「俺の人生って何だろうかなあ。」とか思いながら一人でさびしく息を引き取ることである。死に目など、誰にも見られたくない。情けない、恥ずかしい。葬式では、兄貴が親戚代表として、上っ面の言葉を言う。あと、日本キリスト教会代表か日本仏教連盟代表の人が来て、「匠さんは一所懸命キリスト教（仏教）に命を尽くされました。」など と心にもないことを言い、だました信者たちが一応泣いてくれるかもしれぬ。

何はともあれ、結局、俺は何も得るところなく、人に流されながら生きていくのがピッタリだろう。

何はともあれ、グッドラック！

匠の中三時の担任教師から彼の遺作が送られてきた日、私はこの作文と論文のコピーをさらにコピーした。そして最後に匠を診てくれたうちの一人、精神科医にして先輩作家のK先生に送ってみた。

先生は避暑で軽井沢の別荘に逗留中だったのだが、郵送後まもなく、私の携帯に電話がかかってきた。

「いやぁ、素晴らしい論文ですよ」

開口一番に先生は褒める。

「あなたの歴史物より良いんじゃない？」

笑いながらではあるが、半ばぐらいは本気に聞こえる。私も笑いで返して、

「極楽か……いや、天国ですかね、文化功労者の大先生にそう言ってもらって、匠のやつ、ふんぞりかえってますよ」

「ほんとに彼には、小説を書かせたかったね」

「そうですかね。でも、やつは生前、嫌がってましたよ」

「そんなことはない。ちょうどわたしが診察したとき、小説家をめざしたらどうって訊いたら、満更でもない顔をしてましたよ」

けれどもですね、とまた、先生は小さく笑った。

「お父さんの小説はいかがですか、と……わたしのその問いかけには、匠さん、何と答えたと思います？」

「……さぁ」

「それだけは勘弁して下さいって、ね」

「ふーむ。どういう意味でしょう」

「はて、どういう意味だったんでしょうね。だけど……」

ふいにK先生の声が沈んだ。

「こういう論文や作文が書ける。まえに聞いた俳句や漢詩もなかなかのものです。それだけに、惜しい。病気もどんどん快方に向かって、これからというところだったのにねぇ」

「……超えていましたか、やつの才能、この父親を」

「超えていましたね、あなたにはすまないが」

いくらか、和みが甦った。


心を決めて連絡し、三鷹駅近くの喫茶店でE先生と会ったのは、四十九日の法事の日の二日前のことだった。E先生はK先生に紹介された三鷹のM病院の主事で、基本的に常時、同病院に詰めている。匠の直接の担当医だった。

「このたびは、どうも……大変なことになりまして、何を、どう申しあげて良いのやら、見当もつきません」

店の一角に小テーブルをはさみ、向き合って坐ると、そう告げて、E先生はふかぶかと頭を下げた。私は慌てて、手を横に振り、

「そんな……E先生、先生がお謝りになるような話ではありませんから」

「けれど、まさか突然に心臓が異変を起こすとは……そちらの検査などはしておりませんでしたのでね」

もとより専門が違うのだ。その点を責めても仕方がないし、そのつもりも私にはない。

「匠の思いも寄らぬ心肺停止に関しましては、先生の責任でもなければ、M病院の他の先生方、看護師さん……どなたの責任でもないと思いますよ」

ただ一つだけ、私には問うてみたいことがあった。

「じつは、わたくしも妻も、失敗したかなと悔やんでいることがあるんです」

二人分のコーヒーが運ばれてくるのを待って、私は言った。

「………？」

「匠が一時帰宅して病院に戻ったときに、アンケート票をお返ししたでしょう」

夫婦それぞれ別々になっていたのだが、二人がともに匠の躁状態を案ずる旨の回答をしてしまったのだ。それに対して、病院側、すなわちE先生がどのように対処したか、と私は訊いた。

「対処？……ああ、お薬の加減のことですね」

そのとおりだった。世に言う「匙加減」である。が、私は何も言わず、曖昧にうなずいただけで、一口コーヒーをすすった。

「それ以前とまったく変えてはおりません」

E先生もカップを取りあげて、きっぱりとそう告げた。

「躁であっても、鬱であっても、いきなり薬の量を変えたりするのは危険です。まるで逆の症状が出る懼《おそ》れもありますからね」

言われてみれば、それが精神科に限らず、あらゆる医師の常識というものであろう。ましてや、あのK先生が彼の知っているなかで、「いちばんの薬上手だ」と褒めていたくらいの医師なのである。

私はしかし、はっきりとE先生の口から事実を聞かされて、安堵している自分を感じた。私も妻もかなりの程度、自責の念にかられていたのである。

ちょっとした解放感があって、少しのあいだ、私とE先生とは他愛もない世間話をかわした。が、ふたたび沈黙したときに、わたくしは匠と会った最後の日々のことを漫然と頭に思い浮かべていた。

M病院に転院して一月くらい経ったころだったろうか、面会時に匠が、

「おやじぃ、おれ、この病院のなかで友達のグループつくったんだ」

と明かしたのだ。それも偶然のことに、五十代の患者をトップに四十代、三十代が一人ずつ、二十代が自分ともう一人だ、と言う。

「ほかんところじゃ、なかなか、そういう歳の離れた友達の仲間なんて出来ないよね」

グループ内で「お父さん」と呼ばれる五十代の患者には、二十二、三の娘がいて、退院したら、紹介してくれるとの約束までしていたらしい。

そのあと面会室で別れてから、硝子戸越しに病室内の通路を見ると、なるほど「お父さん」らしき人物を先頭に、十くらいずつ歳をへだてた患者たちが、両手を腰のあたりに置いて、背すじを伸ばし、隊列を組んで歩いている。最後列に、当人より少し若い青年とならんでいる匠の姿も見えた。何やら、ペンギンの行進のようで、おもわず私は微笑んでしまった。

匠が狭山の自宅に一時帰宅した日のことも、思いかえされる。

昼食時、昔よく家族皆して行った狭山台のくら寿司に、匠と妻、私の三人して出かけた。ベル

トコンベアで運ばれてくる様々な寿司を、自分の好みで皿ごと取って食べる「回転寿司」である。子どものころから、匠はその店がお気に入りで、「毎日行っても良い」とまで言っていた。

食べたあとの空き皿はテーブルの上に重ねていくのだが、かつて育ち盛りの匠は、私や妻の三、四倍、長男よりも多くの皿を重ねて、得意がっていたものだった。

つい数週間前、一時帰宅したときもすでに、私たち夫婦の倍近く、空き皿を重ねていたのだ。が、急に食べるのをやめて、泣きだした。

「おい、匠。どうした？」

私が訊くと、

「おれさぁ、また、くら寿司に来て、こうやって好きなだけ寿司が喰えるだなんて、夢にも思ってなかったからさぁ」

「なーに、退院したら、いつでも来れるさ。もう、じきだろ」

「そうだね」

と応えて、匠は感きわまったように、改めて大泣きをはじめたのだった。


変態とまでは言わないけどさ、おやじもとことん、おかしい人間だよなぁ。普段はリベラルだの、男女はもちろん、老いも若きも平等だ、なんてのたまってるくせに、「男だろ、ちょっとのことで泣くな」とか「男ってのは、生意気ぐらいがちょうど良いんだ」とか、抜かしたりする。

いつだったか、一緒に入曽のI病院に行っての帰りに、雑木林のなかの道を通ったじゃないか。おやじったら、急に足を止めて、「匠、待てっ。小便して行こう」言うなり、もうズボンのチャックに手をかけている。「こういう晴れて、清々しい日に、外で立ちションするのは最高だ」呟いて、「おまえも、やれっ」てうながすから、おれも隣で、しゃーっとやったよ。「どうだ、気持ちいいだろ？」「まぁな」と答えて肩をすくめたけど、それ以来、おれ、立ちション、癖になっちまったよ。しばらくして、「どうしてくれるんだ？」と訊ねたら、こう抜かすじゃないか。「関東の連れションて知ってるか、秀吉が北条の小田原城を攻めたとき、夜中に石垣の上で同盟者の家康とならんで放尿したんだ。小田原より東、武蔵野や江戸は、おぬしにくれてやろうなぞと話してな」古来、男同士の約束事は連れションの場でこそ、なされる……まったくな、大ホラ吹きのおやじをもったもんだよ、おれはさ。

立ちションと言えば、狭山のうどん店、ボクシングジムの会長でもあるタジマさんも、すごいよな。ジムで練習生を指導しているときは真面目一徹、怖いくらいなんだけどさ、夜に酒場と化した「タジマ」で酔うと、「坊主と嘘はゆうたことがない」からはじまって、「酒と女は二合（号）まで」「女子《じょし》と小人《しょうじん》は養いがたし」なぞ、それこそ本物のリベラリストが聞いたら、目くじら立てそうな迷言を吐きだすじゃない。

これは迷言ではなくて、おそらく本気だったんだと思うけど、「匠くん。きみは料理が上手いね」って褒めてくれてさ、「駅前に立ち飲み屋でも出したら、料理のほう、任せるからね」なんて言うんだ。暇なこともあって、たしかにおれ、料理、好きだったからね。

以前におやじが出演したときに貰ってきたＮＨＫの『男の料理』のエプロンつけてさ、カレーでもチャーハンでもパエリヤ、天津丼……いろいろ拵えたじゃないか。すべて国産、無農薬の材料使ってね。だから、美味かったのかな。タジマさん、とくに小物、おつまみ類ね、きんぴらとかヒジキ、切り干し大根なんか、抜群の味だとか言ってさ。それで立ち飲み屋の話が出たんだろうね。

もっとも、おれ自身は将来、料理で喰っていこうだなんて気は、まったくなかったけどさ。

そういえば、五、六年もまえだったかなぁ、タジマの常連みんなして、府中競馬場にジャパンカップ見に行こうって話になった。たぶん、おれ、大人になって初めてじゃないかな、おやじやナビンさん、ミノちゃん、カタちゃんら七、八人も連れ立って、出かけたよね。あのとき、タジマさん、昼から酒飲んでベロベロになっちまってさ、府中競馬の正門前で立ちションはじめて、石の柱をびしょ濡れにしちまった。

あとで聞いた言いぐさが良かったね。「なーに、また来れるように、マーキングしといたのさ」おいおい、タジマさん、犬じゃないんだからね。

その場にはたしか、ジムでトレーナーをしている「チャンピオン」もいたね。みんな、そう呼んでいて、愛称にはちがいないけど、昔「難波のロッキー」といわれて有名だった赤井秀和を倒した、本物の日本フェザー級チャンピオン。アフリカ系アメリカ人の父をもつハーフで、ナビンさんと同じ褐色。さすがに筋肉質で、背も高い……そういう人に「おい、匠。しょんぼりしてるんじゃねぇよ。もっと、こう、胸を張れ」なんて言われると、おれ、よけいに萎縮しちまうんだけどさ。

ジャパンカップでは、みんな大負けして、誰もがスカンピンになっちまった。ところが、おやじ一人が最終レースで儲けたとかで、二、三万持ってたんだよね。「屋台ぐらいなら、大丈夫、みんなのぶん、わたしが出すから」って、いつもの屋台へ。そのとき全員、好きなおでんを頼んだんだ。おれも、イカ巻やらハンペンやら、じゃがいもやら、いっぱい食べたけど、おかしかったのは翌晩さ。

チャンピオンが「タジマ」に顔を出して、ママさん相手に愚痴ったそうな。「おれが頼んだ好物のチクワブ、ガクさんが全部、一人で食べちまうんだ。なにせ、銭持ってるの、ガクさんだけじゃない……文句言うにも言えなくってさ」嘘偽りない、天下の日本チャンピオンが、たかがチクワブにこだわるのも笑えるけど、本気で嘆いていたらしいよ。

しかもそのあと、一年も二年も、同じこと喋りつづけていたみたい。おやじも直接、言われたっていうし、息子のおれにも、愚痴ってきたことあるよ。まぁ、もう完全に冗談話になっていたけどね。

そういうチャンピオンに、アジア好きで旅行するだけのために働いているというカタちゃんやシンちゃん。無口だけれど、博識で、おれが何か訊くと、事細かに説明してくれるカネダさん……いろいろな客がいて、居心地は抜群だったよな。

じつはナビンさんが来られなくなってからも、おれはよく一人で行っていて、遅くに狭山に帰ってきて、たまたま暖簾をくぐったおやじと、ばったり顔を合わせたこともあったね。

そうだよ、おやじぃ。良い連中との出会いのおかげもあったけど、おれはさ、一人きりで酒を飲みに行けるまでになっていたんだぜ。

三鷹の駅前でE先生と会った翌日、なんと川越のO病院の事務員から法外な電話があった。

私みずからが受けたのだが、その事務員はべつに何の挨拶もするではなく、こちらの姓名と匠が同病院に入院していたことを確かめるや、

「入院や治療に要した費用は頂戴しておりますが、ベッドとトイレの修理代を、まだいただいておりません」

いきなり告げた。それも金属製の簡易ベッドとおまるもどきの便器を直したというだけで、十万近い金額の支払いを請求してきたのだ。

何だ、それ……という代わりに、私は一言、

「匠は転院先の病院で、心臓の発作で亡くなりました」

「えっ？」

声に驚きの表情はあったが、相手はお悔やみの言葉も慰めの言葉も発するではない。

「……とにかく請求書をお送りしますので、指定の口座に早急にお振りこみ下さい」

そう言ったなり、電話を切った。

当然のことに私は腹立ち、匠の手足ばかりか胴部までもベッドに括り付けたO病院の仕様を思いだした。

E先生に、私はM病院に入院中の匠に対する投薬の加減を問うたが、あの川越のO病院の若い医師だったならば、どうしていただろう。

私たちのアンケートの回答を見て、いきなり躁状態を抑える薬を大量に増やしたりはしなかったろうか。

ひとり匠ばかりではない。この四十日ほどのあいだに、私はあちこちで似たような拘束の話を耳にしていた。

あるニュージーランドからの留学生は、来日中に統合失調症と診断されて強制入院。拷問に近

い拘束を受けて憤死のような格好で亡くなり、遺族は病院側を告訴しているという。

これは日本人の中年だが、同じような扱いに抗して、飲食をまったく拒否し、餓死した患者もいるらしい。

私は前日会ったE先生にも、そうした酷《ひど》い拘束の話をして、意見を聞いてみた。すると、E先生は度の強い眼鏡の縁に手をやって、躊躇いがちに口にした。

「他の病院のことは、何も申しあげられませんがね。わたくしどもの病院では、入院当初はともかく、その後は一切、そういうことはいたしておりません」

最初にK先生にそうと聞かされて、いそぎ私たちは匠を転院させることに決めたのだった。だが、その決断は、すでにして遅かったのか……ふいとまた私は、自分の胸に一抹の悔いの思いが兆すのを覚えた。


おやじには、マユミのこともいっぱい話したよね。

一度、入間基地の航空祭のときにわが家に連れてきたじゃないか。おれと彼女は駅向こうのホテルに泊まると言ったら、おやじもお母さんも、眼を丸くして驚いていたけど、おやじったら、ホテルから戻って、おれがマユミとのベッドでのことを明かしたら、もっとびっくりして、卒倒しそうな顔をしていたよな。

おれ上手く入れたよ、でも結局、精液が出なくてさ、気持ちは良かったけど、何か少し物足りなかった……おやじにあのとき、そう言ったんだよ。そしたら、おやじぃ、何でそんなことまで自分に話すんだって、呆れるというより、半分、怒っていたじゃないか。

でもさ、本音を言えば、脱皮だの独立だのって、ほざいても、ナビンさんも変わっちまったし、心をゆるせる友達はもう、おやじしかいなかったんだよ。

だから、これもおやじには話したよね、マユミとは航空祭のあと、いったん別れそうになったってこと。突然、さよならみたいなメールを寄こして、女はいったん気持ちが離れたら、もうお仕舞い……そんなことまで書いてきたんだ。

おれはでも必死に連絡を取って、高円寺駅前の喫茶店にマユミを呼びだしてね、何時間も泣きながら彼女を説得した。おれに悪いところがあったんなら、謝るし、これから直すって詫びを入れてね、何とか縒《よ》りを戻したわけさ。

そのうちにクリスマスになって、二人して合わせて三万円のペアリングを買ったのさ。おれとしては、それがエンゲージリングのつもりだったんだけど、どうやらマユミにとっては、そうじゃなかったみたいだね。

それに沖縄へ行ったときも、マユミは飛行機に乗っているあいだ中、スマホでゲームをやっていた。家には行かず、おれが泊まっていたホテルまで向こうの両親が来たっていうのも、考えてみたら、不自然だよね。マユミの父親が「娘を捨てるな」とおれに言ったのも、お芝居とまでは言わず、ただの社交辞令のようなものだったのかな。

それから、たったの一ヵ月で本物のお別れさ。むろん、おれのほうから離れたわけじゃないぜ。離れた気持ちはやっぱり戻っていなかった、とマユミからきっぱり言われてしまったんだ。「こんどは本物、固い」と書いたメールまで送ってきた。

そうなると、もうお手上げだよね。会おうと言っても無理難題、それどころかラインやツィッター、フェイスブックなぞ、すべてブロックされてさ。電話やCメールも当然、シャットアウト。おれは共通のライン友達とかに頼みこんだりして、何とか連絡をつけようとしたんだけど、すべて無駄骨に終わっちまった。

いっとき、毎日のように、マユミの住んでる寮のある高円寺界隈をうろついていたこともあったさ。けれど、警察官の叔父さんの忠告を聞くまでもない、そんなことをずっとつづけていたら、ストーカーとして捕まっちまうものな。あとは唄うしかなかったさ。〽別れたら、ほかの人……ってな。


自宅での四十九日の法要も無事にすんだ。

他用あるという導師には、謝金をつつんで渡し、丁重に礼を述べて見送った。あとは予定どおり、駅前の料理店を借り切り、私ら夫婦と義妹、長男の家族、私の長姉夫婦など、身内ばかり十人ほどで会食した。

それもお開きになって、遠くに住む者の順から帰ってゆき、夕刻、自宅の居間のテーブルに残ったのは、私ら夫婦と目の前のマンションに住んでいる義妹だけになった。

あの朝、匠の心肺が停止したと知らされて、ともにタクシーに乗りこみ、三鷹の杏林病院まで急行した三人である。

「喉が渇いた……お茶でも淹《い》れましょうか」

日ごとに往き来していて、文字どおり勝手を知っている義妹が立って、お湯を沸かしに行く。

眼を上げて、ちらと見てから、

「終わったのね……何だか、やっと終わったって気がする」

溜め息混じりに、妻が呟いた。法要だの法事のことを言っているのではないことは、すぐに分かった。

「もう十年以上になるものね、匠が最初に入院して……何とか退院してからも、それからがまた、大変だったじゃない」

妻はつづける。

「今はもう、あたしたち以上の老猫になっちゃったけど、若いころのトラはやんちゃで、手がつけられないほどだった……自分のほうから匠にチョッカイ出したりしてね」

「じっさい、兄弟みたいに感じてたんじゃないの」

薬罐《やかん》に湯を沸かし、茶を入れた急須と三人ぶんの湯呑み茶碗を盆に載せて持ってきながら、義妹が合いの手を入れる。

「ほんと、よく匠に噛みついてねぇ。あの子、手も足も血まみれになって……しまいには、なかの脂肪が出てきたとか、筋肉まで達したとかって大騒ぎ」

ただ口で騒ぐのだけなら、まだしもだった。入院前と同様に、壁やソファ、テーブルを叩いたり、床の上で暴れまわる。

「ご近所にも聞こえただろうし、気が気じゃなかったわよ」

珍しく一人で外出して戻ったのは良いが、見知らぬ人に睨まれたとか、嘲笑われたなどと言って怒ることも、しょっちゅうだった。

そしてそのたびに、どーんどーんと音を立てて、家具を叩いたり蹴ったりするのである。

「ただの振り、だよ」

ふいと匠の声が聞こえた。

「おれが狂った振りをして、おやじとお母さんのあいだを保《も》たせてきたんだ」

そうか。あれは長男と誘い合わせて、最後に彼に会いに行ったときのことだ。匠は真面目な顔で長男に向かい、言っていたのだった。

「あとは兄貴、あんた、頼むよ」

頭には甦ったが、むろん、今はそんなことを口にすべきときではない。代わりに、

「ジキルとハイド……というより、あいつは典型的な内弁慶だったんだな」

私は洩らした。外では、他人のまえでは、別人と見えるほど静かにおとなしく振る舞っている。

「それがかえって、職場での人間関係なんかを厄介にしたりもしてたんだけど」

「怒ったり恨んだりしても、その場では黙って堪えてるのよね」

湯呑みを手に取り、一口お茶をすすって、妻は言った。

「友達付き合いも、おんなじだったみたい」

何のことか、すぐに察した。

中学時代、匠は女子生徒もまじえたクラスメートのまえで半裸にされるという屈辱的な苛めを受けた。その昔の遊び仲間にも匠は会いに行き、ともに飲んだ。そして、さらなる屈辱をこうむったのだ。それでも面と向かっては、何も言えない、

「そういう子なのよね。この世で生きるには優しすぎたのよ」

義妹が呟き、妻が相槌を打って言った。

「生きていても、きっと上手くはやっていけない。今までより、もっと辛く、きびしい人生が待ちうけていたでしょうね」


おやじぃ、どんなに他人と上手くやろうとしても、嫌われまいとしても、そういう態度じたいを蔑み、嘲笑うような奴らが、世の中にはいるんだよね。

いろんな職場ではたらき、いろんな人間と付き合ってみて、おれはそれを実感させられたよ。

でもね、おやじ、おれと同じく心を病んだ人たちのなかには、一生仕事をせず、恋愛もせずに、自分の殻に閉じこもったまま過ごしているような人も、少なからず、いるんだよ。その点では、おれは増しというか、自分で言うのも何だけど、よくやったんじゃないかな。

たとえばさ、相手はどうでも、おれ、真剣に、一途に、マユミのことを思っていたもんね。それだけは嘘じゃないぜ。


義妹は帰り、妻もすでに自室で寝たようだ。

深夜、私は一人、居間のソファに腰をおろして、グラスに生のウイスキーをついだ。ちびりちびりと飲みながら、すでに一度読んだ匠の最後の遺作ともいうべきブログの投稿コピーに眼を通していた。

見落としたところがあった。「かまってちゃん」な自分。依存心に虚栄心、無駄な自尊心……それらが全部嫌いだ、としながらも、こんなふうに匠は呟いているのだ。

「かまってちゃんは治らないのでしょう。たぶん俺は一生、かまってちゃんです。他人のせいにはしません！　絶対に。かまってちゃんのあげく、他人を傷付けるとかは論外です。かまってちゃんするときは、かまってちゃんする流儀がある。そう思います。すいません、濃いハイボール飲んで、酔っぱらってます」

よし、匠、かまってちゃん。おれも飲んでる。乾杯だ。裏とおもての言葉の垂れ幕。小さな割れ目から、Aさんに憑依した匠が、幼いころの無邪気な顔を覗かせる。そして、舌足らずの可愛い声で言う。

「今は楽だ、幸せだよ、ガクしゃんっ」

川越のO病院での拘束ばかりか、すべての拘束から解かれて、きっと匠はいま、自由に空を飛び翔けている。あるいは、あのインドのカルカッタの宿での私のように、金色の光の満ちる雲の上を、ふわり、ふわり、ふわりと漂っているのか……。

戸外で雷が鳴った。グラスをテーブルに置き、カーテンを開けて、窓の外を見た。

暗い中天に、稲妻が走っている。テレビの気象情報では、颱風が日本列島に接近している、と伝えていた。もしや、その前兆だろうか……いや、きっと、匠、おまえだな。

すごいなあけっこうやるなたいふうも……カーテンを閉めて、ソファに坐りなおし、

「でも、しかしな、匠」

と、私はひとりごちた。みちは半ばだ。おやじぃは、ガクしゃんとしては、辛く、きびしい人生をまだまだ、おまえと一緒に歩みたかったぜ。能除一切苦真実不虚故説般若波羅蜜多呪即説呪曰羯諦羯諦波羅羯諦波羅僧羯諦菩提薩婆訶。般若心経。

再び、K先生へ
――あとがきにかえて

早いもので、次男の匠《たくみ》が突然にわたくしたちの眼前から消えてから、三年目の夏を過ぎました。生きていれば、満三十三歳です。

その間に「三田文学」と「早稲田文学」の両誌に連作短編のかたちで匠（とわたくしたち）の足跡《そくせき》をたどる小説を書きつづけ、昨年末に連作を終了。その後、それらを大きく改作して、一つの長篇にまとめあげました。ほんとうは七月八日の命日にあわせて世に出したかったのですが、版元の牧野出版さんとも話し合い、未曾有《みぞう》の悪疫といわれる「コロナ禍」を忌避し、秋にまで延ばすことにしたのです。

そうするうちに、当初は『逆縁』としようと考えていたタイトルを「飛翔」の『翔《しょう》』と変えました。悪疫によって暗くなった世相のなかで、いかにも暗い題名は良くない、いっそ明るいものにしようと思ったのですが、『翔』とした由縁をここに、いくつか書きならべておきます。

まず死は、じつは「消」ではなく、新たなる「生《しょう》」であり、「翔」（もしくは昇）である、と捉えたこと。そういえば、匠の音読みもショウでしたね。それに、わたくしの第一小説集のタイトルが『きみ空を翔《か》け、ぼく地を這う』（一九七三年 角川書店刊）で、内容はむろん異なるものの、テーマが重なること。こちらは「逝った友のあとを追う旅」の話です。

さらには、新進気鋭の日本画家・大久保智睦画伯の佳品『wing spread（翼をひろげて）』に魅せられて、装画として採用させていただいたこと。画伯は、わたくしの作家仲間で、先生も知る大久保智弘氏のご子息です。作中にも出てきますが、匠が愛聴し、よくピアノで弾いていたミスターチルドレンの『放たれる』、わたくし自身が好きな中島みゆき作詞で加藤登紀子が熱唱する『この空を飛べたら』などに触発されたせいでもあります。

ともあれ、匠は死んだのではない、独立して、あの自由な空に向け、飛び翔けていったのです。こんどこそ、イカロスのように太陽の熱に撥《は》ねかえされることなく、しっかりと……。

各誌に連作中も、渋谷直美さんや大澤眞里さん、小沢美千恵さん、熊木謙論さんなど、大勢の読者の方々から励ましとお褒めのお便りを頂戴いたしましたが、滅多にないことです。それだけに、一冊にするにあたっては、自分の文学（たぶん、これも亡き畏友の立松和平氏が言っていた「岳ワールド」なるもの）の到達点、集大成をめざしたつもりです。

もっとも、書いたのは、わたくし個人ではありません。匠との二人三脚、いえ、心を病んだ匠の担当医の一人でもあり、文学界の大先達として、あれこれとご指導をいただいたK先生も含めての三人四脚……あれれ、五脚、六脚、七脚、「三田文学」の関根謙編集長に巽孝之さん、直接の担当の岡英里奈さん、「早稲田文学」の編集担当で、最後まで本書の完成に協力してくれた山本浩貴さん、装丁の浅利太郎太さん、校正の佐藤美保さん、そして牧野出版の佐久間憲一社長と、たくさんの皆さまの「おみあし」と「みつばさ」をお借りいたしました。

さぁ、先生。踏ん張って、大きく翼をひろげ、飛翔です。

岳　真也

二〇二〇年秋

【第一章】不異の出来事
「三田文学」2018年冬季号「匠　その三十年間の闘いの記憶」

【第二章】飛砂
「三田文学」2019年春季号「葬儀の日　放たれる」前半（加筆）

【第三章】葬儀の日—放たれる
「三田文学」2019年春季号「葬儀の日　放たれる」後半（加筆）

【第四章】迷宮—ラビュリンス
「早稲田文学」2019年冬号「迷宮　ラビュリンス」

【第五章】
「三田文学」2018年夏季号「みち半ば」

岳真也（がく・しんや）

1947年、東京に生まれる。慶應義塾大学経済学部を卒業、同大学院社会学研究科修士課程修了。同66年、学生作家としてデビューし、文筆生活50年、著書約160冊。2012年、第一回歴史時代作家クラブ賞実績功労賞を受賞。代表作は『水の旅立ち』（文藝春秋）『福沢諭吉』（作品社）。

近年、歴史時代物に力を入れ、忠臣蔵の定説を逆転させた小説『吉良の言い分 真説・元禄忠臣蔵』（ＫＳＳ出版、のちに小学館文庫）はベストセラー、『吉良上野介を弁護する』（文春新書）、『日本史「悪役」たちの言い分』（ＰＨＰ文庫）はロングセラーとなった。ほかに『北越の龍 河井継之助』『麒麟 橋本左内』（ともに角川書店、のちに学研M文庫）『土方歳三 修羅となりて北へ』（学研のちに同M文庫）『此処にいる空海』(牧野出版)などがある。

最近刊は『今こそ知っておきたい災害の日本史』『徳川家康』（ともにＰＨＰ文庫）。加賀乙彦氏との共著（対談）『「永遠の都」は何処に？』（牧野出版）『行基 菩薩とよばれた僧』（角川書店）。『織田有楽斎 利休を超える戦国の茶人』（大法論閣）。

日本文藝家協会理事、日本ペンクラブ理事。

翔《しょう》 wing spread

2020年10月31日　初版発行

著　者　岳真也
発行人　佐久間憲一
発行所　株式会社牧野出版
〒604 - 0063
京都市中京区二条油小路東入西大黒町318
電話 075-708-2016
ファックス（注文）075-708-7632
http://www.makinopb.com
印刷・製本　中央精版印刷株式会社

内容に関するお問い合わせ、ご感想は下記のアドレスにお送りください。
dokusha@makinopb.com
乱丁・落丁本は、ご面倒ですが小社宛にお送りください。
送料小社負担でお取り替えいたします。